Claudia Haebler Brenner

Das zweite Ja

Zusammenfinden nach der Krise

Claudia Haebler Brenner

Das zweite Ja

Zusammenfinden nach der Krise

Zytglogge

Lektorat Bettina Kaelin Ramseyer
Satz/Gestaltung Zytglogge Verlag, Roland E. Maire
Druck fgb · freiburger graphische betriebe · www.fgb.de
ISBN13: 978-3-7296-0717-0
ISBN10: 3-7296-0717-0

Zytglogge Verlag · Schoren 7 · 3653 Oberhofen am Thunersee
info@zytglogge.ch · www.zytglogge.ch

claudia.haebler@bluewin.ch · www.beziehungstherapie.ch

Inhalt

Vorwort

Liebe Leserin, lieber Leser

Die meisten Paare, welche zu mir in Beratung kommen, sind mit der Frage *Gibt es einen Weg aus unserer Krise?* konfrontiert. Ich höre in meiner Praxis viele Geschichten über Langeweile und Resignation, Festgefahrensein und Ausbrechenwollen, Leidenschaft und Schuldgefühle, Verzweiflung, aber auch über neue Lebensfreude.

Die Paarforschung belegt: Langjährige gute Partnerschaften sind ein wichtiger gesundheitlicher Schutzfaktor, während schwierige Beziehungen die Gesundheit massiv beeinträchtigen können.

Eine Krise bietet immer eine Chance zur Veränderung. Ebenso lösen positive und negative Veränderungen der aktuellen Lebenssituation immer auch eine Krise aus: Sie müssen Altes loslassen, und das Neue, das Sie noch nicht kennen, erfüllt Sie nicht nur mit Vorfreude, sondern vielleicht auch mit Angst. Diese Ungewissheit gilt es auszuhalten.

Ein alltägliches Beispiel für eine Veränderungskrise ist ein Wohnungswechsel: Sie freuen sich eigentlich darauf, weil die neue Wohnung oder das Haus besser Ihren momentanen Bedürfnissen entspricht. Doch Sie müssen Ihr bisheriges Lebensumfeld verlassen und damit Geborgenheit aufgeben. Sie sind nicht sicher, ob Sie sich in der neuen Umgebung auch wohl fühlen werden. Wenn Sie die mit Veränderungen verbundenen Ängste in sich spüren und zulassen, ohne sich dadurch zu blockieren, gewinnen Sie das nötige Zutrauen, um tragende Lösungen zu finden.

Das Wissen, dass sich Ihre Beziehung laufend verändert, und das Vertrauen, die notwendigen Krisen bewältigen zu können, sind hilfreich, um den Lebensweg als Paar gemeinsam gehen zu können. Sie sind dabei immer wieder gefordert, festgefahrene Verhaltens- und Beziehungsmuster zu überdenken und aktiv zu verändern.

«Universell an einer Ehe ist nicht die Antwort, die wir finden, sondern die Frage, die wir stellen: Wie bleiben wir über eine lange Zeit mit dem gleichen Menschen verheiratet, wenn die einzige Konstante des Lebens die Veränderung ist?» (C. Jarvis) Wenn Sie bereit und offen sind, sich den anstehenden Veränderungen zu stellen und diese als bedeutsame Schritte auf Ihrem gemeinsamen Weg zu begreifen, lernen Sie sich selbst und den anderen besser kennen und verstehen. Damit legen Sie den Grundstein, um in einer gleichwertigen und liebevollen Beziehung zu leben.

Das Spannende an meiner Arbeit ist, Frauen und Männer ein Stück auf ihrem Weg zu begleiten und mitzuerleben, wie jede Einzelperson und jedes Paar auf ganz individuelle Art und Weise mit den aktuellen Begebenheiten und Fragen umgeht. Mit Hilfe der fachlichen Unterstützung lassen sich verschiedenste kreative Lösungen erarbeiten, wie die vielen Beispiele in diesem Buch zeigen.

Ich gehe davon aus, dass Sie daran interessiert sind, Ihr Zusammenleben als Paar besser zu verstehen und herauszufinden, wie Sie anstehende Probleme gemeinsam bewältigen können. Mit Sicherheit werden Sie viel Spannendes dabei entdecken: Sie lernen sich selbst und Ihren Partner besser kennen. Sie erfahren, was eine Liebesbeziehung braucht, um nach einer Krise wieder neu aufzublühen. Sie tragen aktiv dazu bei, indem Sie sich offen und selbstverantwortlich in die Beziehung einbringen.

Dies sind die Voraussetzungen, um von neuem Ja zueinander sagen zu können. Dieses Ja wird etwas weniger euphorisch sein als das erste, denn Sie wissen: Ganz ohne Konflikte geht es auch in Zukunft nicht. Doch es ist ein Ja, das Sie beide in der Tiefe berührt, weil Sie die Krise gemeinsam überwunden haben und nun wieder echte Zuneigung füreinander empfinden.

Ich möchte Wege aufzeigen, wie Paarbeziehungen trotz Krisen erhalten und im positiven Sinne verändert werden können.

Allerdings ist das nicht in jedem Fall und um jeden Preis möglich. Es kann auch sein, dass Sie zwar die Krise ernst nehmen und sich engagiert für die Beziehung einsetzen, doch plötzlich feststellen, dass Sie sich trotz allem zu sehr auseinander gelebt haben oder dass zentrale Bedürfnisse in der Partnerschaft nicht (mehr) abgedeckt werden können. Sie wissen zwar, dass kein Partner all Ihre Wünsche befriedigen kann. Sie erleben jedoch mehr Trennendes als Verbindendes und spüren immer deutlicher: Das reicht einfach nicht mehr für ein gemeinsames Leben. Dann ist es Zeit, sich für eine respektvolle Trennung zu entscheiden.

Jedes Paar, welches eine Therapie beginnt, steht an einer anderen Kreuzung: Für die einen ist klar, dass sie zusammenbleiben wollen, andere wiederum müssen diese Entscheidung noch offen lassen. Für sie wird sich im Laufe der Zeit zeigen, ob sie den Weg weiterhin gemeinsam gehen können oder sich trennen.

Es gibt vielfältige Lösungen. Es ist allgemein bekannt, dass heutzutage nahezu jede zweite Ehe vor dem Scheidungsrichter endet. Diese Entwicklung wird in Zukunft vielleicht stagnieren, aber kaum wieder zurückgehen.

Jeder muss in der Frage der Beziehungsgestaltung seinen eigenen, für ihn stimmigen Weg finden. Nur noch selten heiratet jemand den ersten Jugendfreund und bleibt mit ihm ein ganzes Leben lang zusammen. Wir gestalten unser Leben eher mit mehreren Lebensabschnitts-Partnerschaften. Wir können uns frei entscheiden, nach einer Trennung eine Zeit lang Single zu sein oder einen neuen Partner zu suchen. Sehr viele Frauen und Männer erproben so neue Lebens- und Familienformen, welche spannend und befriedigend sein können.

Trennungen sind jedoch mit viel Schmerzen verbunden. Mit Trauer über den Verlust des Partners, aber auch des bisherigen Lebensmodells, mit Angst vor einer ungewissen Zukunft oder dem Gefühl, versagt zu haben.

Für Kinder ist die Trennung der Eltern immer eine Belastung. Sie möchten nichts lieber, als die Eltern weiterhin als Paar zu sehen, und brauchen viel Zeit, um sich an neue Lebensformen zu gewöhnen. Das Leben nach einer Trennung ist bestimmt nicht einfach, doch es beinhaltet auch Chancen.

Trotz dieser vielfältigen Möglichkeiten, sein Leben zu gestalten, bleibt eine stabile Liebesbeziehung auch heute einer der zentralen Lebenswünsche für die meisten Menschen.

Betrachten wir nun gemeinsam die Stolpersteine und Glücksbedingungen von Liebesbeziehungen. Wahrscheinlich werden Sie hin und wieder auch sich selbst darin erkennen.

Obwohl mir daran liegt, auch in der Sprache die Gleichwertigkeit zwischen den Geschlechtern auszudrücken, verwende ich aus praktischen Gründen die Bezeichnungen ‹Partner› und ‹der andere› geschlechtsneutral.

Die beschriebenen Einzelpersonen und Paare sind einerseits aus vielfältigen Beobachtungen und Erfahrungen konstruiert. Dies jedoch unter realistischen Bedingungen; diese Personen könnten durchaus existieren. Andererseits kommen auch immer wieder Paare vor, deren Prozess ich begleitete. Die Namen dieser Personen sind aus Anonymitätsgründen geändert und allzu persönliche Begebenheiten verfremdet.

An dieser Stelle möchte ich meinen Klientinnen und Klienten für ihr Vertrauen ganz herzlich danken, dass ich sie auf einem Teil ihres Weges begleiten darf und dabei immer wieder Neues dazulerne.

1. Kapitel

Krisen verstehen

So kann es mit uns nicht weitergehen!

Wenn Sie sich eingestehen, dass Ihre Partnerschaft in einer Krise steckt, ist bereits schon einiges vorausgegangen, das Sie verletzt oder verunsichert hat. Oft sind es Probleme, die man bisher einfach noch nicht bewusst wahrnahm. Diese Schwierigkeiten nun zu benennen, bedeutet immer auch Verunsicherung. Während manche Paare sich der ungelösten Konflikte durchaus bewusst sind, erleben es andere eher so: *Wir hatten es doch bis jetzt so gut zusammen, und nun sind wir plötzlich in ein Loch gestürzt!*

Verena Kast definiert Krise so: «... wenn für einen oder mehrere Menschen ein belastendes Ungleichgewicht zwischen der subjektiven Bedeutung eines Problems und den zur Verfügung stehenden Bewältigungsmöglichkeiten entstanden ist.»

Sie beschreibt drei Phasen der Krisenbewältigung:

1. Nicht wahrhaben wollen
2. Chaotische Emotionen
3. Ressourcen finden (bekannte oder neue Fähigkeiten, die helfen, die aktuelle Krise zu bewältigen)

Es ist verständlich, dass Sie eine Krise anfänglich am liebsten verdrängen möchten. Wenn jedoch Wegsehen und Wegfühlen nicht mehr möglich sind, folgt eine Phase von chaotischen Gefühlen, die Sie möglicherweise recht durchschütteln. Erst dann folgt die dritte Phase, in welcher Sie sich auf Ihre kreativen Fähigkeiten besinnen und innerlich bereit sind, nach konkreten Lösungen zu suchen.

Diese drei Phasen der Krisenbewältigung verlaufen allerdings nicht geradlinig. Sie können auch irgendwo stecken bleiben. Gerade die erste Phase des Nicht-wahrhaben-Wollens kann sich wegen der noch unbewussten Verlustangst über Jahre hinziehen. Und doch spüren Sie je länger, je mehr, dass Ihre Lebensfreude und Ihre Lebenskraft blockiert sind und Sie vieles nicht mehr so richtig geniessen können.

Es ist schwer, sich einer Krise offen zu stellen. Das passt nicht zu unserer Vorstellung von einer guten Beziehung. Dabei beinhalten Krisen immer auch die Chance, etwas zu verändern. Sie helfen uns, in der persönlichen Entwicklung weiterzukommen. Es ist allerdings ein lebenslanger Lernprozess, diese Chancen optimal zu nutzen.

Das Leben ist kein ruhiger Fluss. Er verändert sich laufend, je nach Wetterbedingungen und Jahreszeiten. Mal plätschert er gemächlich vor sich hin, mal strömt er reissend und gefährlich, dann wieder droht er mangels Regen auszutrocknen. In längeren Partnerschaften sind schwierige Zeiten normal und manchmal sogar notwendig.

Welche Gefühle sind nun mit der Feststellung *Wir sind in einer Krise* verbunden? Wahrscheinlich können Sie verschiedene, mehrheitlich negative Gefühle benennen: Angst, Wut, Verunsicherung, Enttäuschung, Einsamkeit, Schmerz, Trauer, Verzweiflung und Hoffnungslosigkeit. Diese Gefühle sind schwer zu ertragen, doch sie führen schliesslich zur Erkenntnis: *So kann es mit uns nicht weitergehen!*

Das heisst, die Beziehung steht tatsächlich auf dem Spiel: *Wenn wir es nicht schaffen, einiges zu verändern, dann können wir nicht zusammenbleiben.* Dies so deutlich wahrzunehmen, kann ein echter Schock sein.

Nicht wenige Leute würden in einer schwierigen Situation am liebsten einfach davonlaufen. Sie hoffen: Wenn der Partner weg ist, ist auch mein Problem verschwunden.

Wenn sie jedoch selbstverantwortlich denken und fühlen, wissen sie, dass ihnen ungelöste Schwierigkeiten in einer neuen Beziehung in etwas veränderter Form wieder begegnen werden. So könnten sie wenig aus Konflikten lernen, sich nicht als Einzelner und als Paar weiterentwickeln.

Natürlich ist es schwierig, schmerzhafte Gefühle auszuhalten, genau anzuschauen und sich damit auseinander zu setzen. Oft hilft es, sich bewusst zu machen: Es gibt Gründe für Ihre Gefühle.

Wir erleben Angst, wenn etwas, das uns persönlich sehr wichtig erscheint, in Gefahr ist. Um aktiv etwas zu verändern, ist es wichtig, diese Angst zuzulassen. Dies gilt auch für andere negative Gefühle: Wenn wir sie annehmen, müssen sie sich nicht gegen uns wenden. Dann können diese Gefühle, anstatt uns zu blockieren und zu lähmen, ein Wegweiser für die anstehenden Veränderungen sein. Denn die Ursachen von Krisen sind oft Entwicklungsthemen, die wahrgenommen und ins Leben integriert werden wollen. Für Paare gilt dies gleich doppelt: Es geht hier sowohl um die individuelle Weiterentwicklung als auch um diejenige der Paarbeziehung. Jürg Willi sagt dazu: «Persönliche Reifung und Entwicklung wird im Erwachsenenalter durch keine andere Beziehung so herausgefordert wie durch eine Liebesbeziehung.» Und: «In einer langjährigen Beziehung wird das Schicksal des Partners immer mehr zum eigenen Schicksal.»

Es geht also um viel, und es gilt zu überlegen: Bin ich bereit, unsere Probleme genauer anzuschauen? Zu verstehen, was uns an diesen Punkt gebracht hat, und zu entdecken, wo uns diese Krise hinführen könnte? Kann ich mir vorstellen, zusammen mit meinem Partner nach neuen Lösungswegen zu suchen?

Mit dem Beschluss, sich aktiv mit der Krise auseinander zu setzen, ist bereits ein wichtiger erster Schritt getan, und Sie können wieder Zugang zu positiven Gefühlen und Energien finden: Selbstvertrauen *(ich habe schon verschiedene Schwierigkeiten in meinem Leben bewältigt)*, Hoffnung *(ich will es wenigstens versuchen)* und Wertschätzung der gemeinsamen Paargeschichte *(wir haben auch schon viel Gutes miteinander erlebt und frühere Probleme gemeinsam gelöst)* und der aktuellen Situation *(wir haben noch Gemeinsames, das uns beiden wichtig ist und uns verbindet)*.

Wenn sich immer mal wieder das Gefühl *So kann es nicht weitergehen* in Ihr Bewusstsein drängt, müssen Sie sich irgendwann eingestehen, dass das Zusammensein mit dem Partner Sie zu oft belastet und auch Ihre persönliche Weiterentwicklung stagniert. Die

Frage ist nun: *Was genau kann so nicht weitergehen?* Oder: *Welches sind unsere Probleme?*

Meist beinhaltet eine Paarkrise vier grundlegende Themen:

- **Individuelle Entwicklungsaufgaben und Lebenssinn-Fragen**
- **Beziehungsdynamik**
- **Belastende Lebensereignisse**
- **Gesellschaftliche Bedingungen, Frauen- und Männerrollen**

Im Alltag sind diese Aspekte jedoch nicht leicht auseinander zu halten, sondern greifen ineinander über und beeinflussen sich gegenseitig. Was mit Gefühlen von Ärger, Verunsicherung und Hoffnungslosigkeit einhergeht, ist das Erleben, sich in einer Spiralbewegung immer weiter nach unten zu drehen. Sie werden immer wieder mit ähnlichen Problemen konfrontiert, und die Versöhnung scheint nach jedem Streit schwieriger zu werden. So drehen Sie sich mit dem Partner zusammen bis zum Ende der Spirale, wo Sie dann mit dem Gefühl *Ich glaube, ich muss ihn/sie verlassen* stecken bleiben.

Dabei beeinflusst das Verhalten von beiden sich gegenseitig. Zum Beispiel ärgert ein Mann seine Frau mit seiner ständigen Eifersucht. Nun zieht sie sich emotional zurück und geht lieber alleine aus als mit ihm, wodurch sie ihm tatsächlich einen Grund zur Eifersucht liefert.

So gibt jeder dem anderen die Schuld für den Konflikt. Bei Teufelskreisen gibt es weder Anfang noch Ende. Die Suche nach einem Schuldigen kann nur ins Offside führen. Doch jeder hat es in der Hand, von sich aus diesen Kreislauf zu stoppen.

In der Paartherapie arbeiten wir gemeinsam daran, den Teufelskreis aufzuhalten und in eine entwicklungsfördernde, positive Spirale umzuwandeln. Wir wollen den Schutt der gegenseitigen Verletzungen und Enttäuschungen aus dem Weg räumen und so die Liebe wieder ans Tageslicht befördern.

Allerdings sind solche Veränderungen nicht von heute auf morgen zu vollziehen. Es braucht dazu Geduld und man muss auch mit gelegentlichen Rückschlägen rechnen. Jedes Paar fällt hin und wieder in ein altes Konfliktmuster zurück. Stellen Sie sich vor, dass Sie in diesem Prozess jeweils zwei Schritte nach vorn und einen zurück gehen – dennoch kommen Sie stetig voran. Mit jeder positiven Erfahrung gewinnen Sie mehr Mut und Entschlossenheit, für Ihre Bedürfnisse in der Beziehung aktiv einzustehen und gleichzeitig auch den Wünschen des Partners Raum zu geben.

Es kann aber sein, dass momentan nur Sie dazu motiviert sind, aus dem belastenden Teufelskreis auszusteigen. Natürlich kommen Sie am besten voran, wenn beide Partner zusammenspannen, um eine Veränderung zu erreichen.

Doch auch allein können Sie vieles angehen: Wenn Sie lernen, von sich aus den Teufelskreis aufzuhalten, bewirken Sie auch bei Ihrem Partner etwas. Ein destruktives Beziehungsmuster lässt sich nämlich auf Dauer nicht einseitig aufrechterhalten. Wenn der andere spürt, dass es Ihnen mit der positiven Veränderung Ihrer Beziehung ernst ist, werden Sie ihn bald dafür gewinnen können, auch seinen Teil beizutragen.

Individuelle Entwicklungsaufgaben und Lebenssinn-Fragen

Jeder Mensch durchläuft von der Geburt bis zum Tod einen Wachstums- und Veränderungsprozess. Dazu gehören Verunsicherungen und entwicklungsbedingte Belastungen, welche den Umgang mit sich selbst und anderen prägen und beeinflussen. Jede Weiterentwicklung bedeutet auch Abschied vom Gewohnten und einen vorübergehenden Verlust an Sicherheit. Denn was kommen wird, wissen wir nicht.

Da Kindheitserfahrungen unser ganzes Leben und deshalb auch unsere Liebesbeziehungen in einem Masse prägen, dessen wir uns nur selten bewusst sind, sollten wir uns kurz mit der kindlichen Entwicklung befassen.

Erst mit der körperlichen und seelischen Bewältigung einer Entwicklungsphase ist ein Kind in der Lage, sich auf neue Lernschritte einzulassen. Wenn eine aktuelle Aufgabe gelöst ist, kann es sich der nächsten zuwenden. Ein Kleinkind lernt in der Regel zuerst kriechen oder robben, bevor es sich aufrichtet und seine ersten Schritte wagt. Es brabbelt und experimentiert während Monaten mit verschiedenen Lauten, bevor es das erste Wort bilden kann. Bereits Säuglinge sind unermüdlich damit beschäftigt, zu experimentieren und Neues zu lernen. Ein natürliches Wachstumsprogramm bringt das Kind in seiner Entwicklung voran und verleiht ihm dabei enorme Energien.

Jedes Kind ist auf die liebevolle Unterstützung und Begleitung der Eltern oder anderer erwachsener Bezugspersonen angewiesen, damit es sich an Neues wagt, aber auch immer wieder ins warme Nest zurückkehren kann.

Wenn Eltern ihrem Kind Liebe, Halt und Sicherheit geben können, lernt es, vertrauensvoll die Welt zu entdecken. Dieses Kind fühlt sich sicher gebunden und erlebt seine Bezugspersonen als verlässlich und einfühlsam. Es spürt intuitiv: *Meine Eltern gehen auf mich ein und helfen mir durch ihre Spiegelung und Akzeptanz meines So-Seins zu erfahren, wer ich bin.*

Unsicher gebundene Kinder jedoch bekommen von ihren Eltern entweder zu wenig Zuwendung oder sie erleben ein Hin und Her zwischen übermässiger Bindung und abruptem Rückzug. So kann eine kritische Entwicklungsphase nicht vertrauensvoll bewältigt werden, und es entstehen emotionale Fixierungen. Wenn die Mutter zum Beispiel an einer postnatalen Depression leidet, kann sie sich ihrem Kind nicht mit offenem Herzen zuwenden. Wenn nun weder der Vater noch eine andere liebevolle und konstante Bezugsperson in diese Lücke springt und dem Kind die nötige Zuwendung gibt, wird sich in ihm die unbewusste Haltung *Es ist niemand da, der wirklich auf mich eingeht* festsetzen. Viele spätere Erfahrungen sind dann durch dieses alte Gefühl eingefärbt. Dies macht es schwer, sich vertrauensvoll in der Welt zu bewegen.

Prägende kindliche Erfahrungen sind in der Regel nicht nur gut und nicht nur schlecht. Die meisten Eltern lieben ihre Kinder und möchten ihnen die bestmöglichen Entwicklungschancen bieten. Doch niemand macht alles richtig.

Auch einfühlsame Eltern können ihr Kind nicht vor alltäglichen Frustrationen bewahren. Obwohl die menschliche Seele wie auch unser Körper über erstaunliche Selbstheilungskräfte verfügen, speichert das Unbewusste besonders schmerzliche Erfahrungen aus der Kindheit. Kindliche Entwicklungsaufgaben sind anspruchsvoll und die Stolpersteine auf dem Weg zum Erwachsenwerden nicht vorhersehbar.

Wichtig ist, dass ein Kind mit hinreichend liebevollen, Halt und Geborgenheit gebenden Eltern aufwächst. Sicher gebundene Kinder haben die besseren Chancen, später ein erfülltes Leben und gute Beziehungen führen zu können, denn sie erlebten den Kontakt mit ihren ersten und wichtigsten Bezugspersonen als mehrheitlich vertrauens- und liebevoll.

Drei bedeutende und prägende Entwicklungsphasen sind die Entstehung des Urvertrauens im Säuglingsalter, die Trotzphase sowie die Pubertät.

Urvertrauen oder -misstrauen

Nora ist 32-jährig und lebt mit ihrem Freund zusammen, welcher in Scheidung ist. Wenn seine fünfjährige Tochter bei ihnen ist, hat Nora oft das schmerzliche Gefühl, dass nur noch die enge Beziehung zwischen Andreas und ihr zählt.

Sie selbst fühlt sich an den Rand gedrängt, obwohl sie die kleine Jasmin mag und ihr ein harmonisches Familienleben bieten möchte. Doch aus ihrer emotionalen Not heraus macht sie Andreas Vorwürfe, er gehe zu wenig auf ihre Bedürfnisse ein und vernachlässige sie, sobald Jasmin hier sei.

Nora bekam eine kleine Schwester, als sie selbst erst ein Jahr alt war. Obwohl sie ihre Eltern als zugewandt und liebevoll erlebte, merkte sie durch die Auseinandersetzung mit den aktuellen Beziehungsproblemen, dass die Beziehung zu ihrer Schwester bis heute von Konkurrenzgefühlen geprägt ist. Dies wohl auch deshalb, weil sie die Zuwendung der Eltern schon so früh mit ihr teilen musste. Sie war ja damals selbst noch sehr klein und hätte eigentlich die ganze Aufmerksamkeit der Eltern gebraucht. Auch wenn diese versuchten, beiden Kindern gleichermassen gerecht zu werden, ist doch anzunehmen, dass ihr älteres Kind oft zurückstehen musste. Dieses Gefühl des Zu-kurz-Kommens erlebte Nora auch in der späteren Kindheit, als ihr Vater sich mehr für die Schwester interessierte als für sie.

Diese frühkindlichen Frustrationen wurden in der aktuellen Situation jäh wieder hervorgerufen. Unbewusst schienen die jüngere Schwester und Jasmin zu einer Person zu verschmelzen, durch welche sich Nora von der Liebe und Aufmerksamkeit der Eltern/des Freundes abgeschnitten fühlte.

Es war für sie wichtig, ihre verletzten kindlichen Gefühle zu verstehen und zu spüren, wie diese wieder aktualisiert wurden. Es durfte nun endlich wahr sein, dass sie sich als Kleinkind tatsächlich in den Hintergrund gedrängt fühlte. Sie trauerte mit ihrem inneren Kind, das kein starkes Urvertrauen entwickeln konnte und deshalb grosse Angst hat, vergessen zu gehen. Damit war ein wichtiger Schritt zur Versöhnung mit ihrer Geschichte getan, und Nora liebt ihre Eltern und die Schwester nach wie vor.

Dieses Zurückgehen in die eigene Kindheit war nötig, damit Nora der kleinen Jasmin einen Platz in ihrer Gemeinschaft und in ihrem Herzen zugestehen kann.

Andererseits konzentriert sich Andreas tatsächlich stark auf seine Tochter, wenn sie bei ihm ist. Er will ihr in kurzer Zeit möglichst viel Zuwendung geben, gerade weil er ihr keine ‹heile Familie› mehr bieten kann. Aus diesen Schuldgefühlen heraus ist es für ihn nicht einfach, Jasmin Grenzen zu setzen. So wird auch durch das Verhalten von Andreas Noras Grundgefühl *Ich bin nicht wichtig* immer wieder reaktiviert. Doch beide kennen nun die Stolpersteine und suchen bewusst ein stimmiges Gleichgewicht zwischen Paar-Zeit, Familien-Zeit und Vater-Tochter-Zeit, wenn Jasmin bei ihnen ist.

Trotzphase

Stellen Sie sich ein etwa zweieinhalbjähriges Kleinkind vor. Es befindet sich im Trotzalter und steht vor der wichtigen Aufgabe, sich selbst und den Eltern täglich zu beweisen: «Ich bin eine eigene Person, ich kann dies und das selbst, und ich will es auch!» Auch wenn es tatsächlich noch weit davon entfernt ist, selbständig zu sein, kann es in Ansätzen die eigene Persönlichkeit erahnen und aktiv mitgestalten. Doch es erlebt auch Enttäuschungen, wenn es seine Wünsche nicht durchsetzen kann. Und so wird dieses Kind auf seinem Weg, ein eigenständiger und beziehungsfähiger Erwachsener zu werden, immer wieder experimentieren, Entwicklungskrisen bewältigen und Grenzen überschreiten müssen.

Ein Kind mit mangelndem Urvertrauen wird die Trotzphase eher weniger stark ausleben. Nora hatte nicht die innere Sicherheit, mit ihren aktuellen Bedürfnissen ernst genommen zu werden. Dieses Urvertrauen ist jedoch nötig, um sich als Kleinkind den Wünschen der Eltern immer mal wieder trotzig entgegenzustellen und damit sich selbst zu spüren. Für Nora ist es nicht einfach, dem zeitweise trotzigen Verhalten von Jasmin gelassen zu begegnen. Ihr Dilemma wird jedoch dadurch verschärft, dass Andreas seiner Tochter wenig Grenzen setzt. Ein Kind in der Trotzphase muss beide Erfahrungen machen können: Einmal kann es sich gegen die Wünsche seiner Eltern behaupten, ein anderes Mal muss es nachgeben und die von den Eltern gesetzten Grenzen akzeptieren. Durch dieses Wechselspiel werden sowohl kindliche Allmachtsfantasien als auch Ohnmachtsgefühle relativiert und in ein gesundes Selbstvertrauen transformiert.

Pubertät

Erinnern Sie sich an die Pubertät, an diese Jahre der intensiven Suche nach sich selbst und einem übergeordneten Lebenssinn, sowie an die schrittweise Ablösung von den Eltern. Diese Zeit ist oft mit widersprüchlichen Gefühlen verbunden. Einerseits Allmachtsgefühle *(Ich kann für mich selbst schauen und brauche niemanden, der mir sagt, was ich tun soll!)*, andererseits Ohnmachtsgefühle und tiefe Verunsicherung *(Ich fühle mich hässlich und ungenügend, niemand liebt mich!)*. Nicht umsonst wird die Pubertät auch ‹die zweite Trotzphase› genannt.

Einige Jugendliche verhalten sich in dieser Zeit eher angepasst, während andere nach dem Motto leben: *Ich provoziere, also bin ich!* Wieder andere grenzen sich durch innere Emigration von den Eltern ab. Sie werden schweigsam und machen ihre Selbstfindung vorwiegend mit sich alleine aus. Oder sie zeigen all diese verschiedenen Verhaltensweisen, je nach Situation und Stimmung.

Neue Untersuchungen zeigen: Pubertätskrisen sind nicht nur eine Frage der überschiessenden Hormone und Gefühle. Neurologen wissen heute, dass sich das menschliche Gehirn bis zum 25. Lebensjahr im ‹Umbau› befindet. H. Willenbrock schreibt: «Es wäre allen ein bisschen geholfen, wenn sich Eltern so verhielten, als hätten Jugendliche ein Warnschild umhängen, auf dem steht: Achtung Baustelle! Wegen wichtiger Bauarbeiten an Hirn, Herz und Hormonen kommt es vorübergehend zu Unannehmlichkeiten. Wir bitten um Ihr Verständnis!» (GEO Nr. 9/2005)

Die gute Nachricht: 80% aller Jugendlichen bewältigen diese Phase recht gut, das heisst lediglich mit den normalen Kämpfen und Krämpfen, mit Kiffen und Keifen. Pubertierende sind nicht nur verletzlich, schweigsam oder aggressiv, sondern auch sehr wandlungsfähig und im positiven Sinne sensibel. Die Pubertät ist auch eine Chance, frühkindliche Verletzungen nachträglich zu verarbeiten und emotionale Fixierungen zu lösen.

Die Zeit der Ablösung kann auch für Eltern sehr kritisch sein. Sie sind gefordert, ihr Kind zu unterstützen, loszulassen und ihm gleichzeitig Grenzen zu setzen.

Dabei sollten Sie sich selbst und die eigenen Bedürfnisse nicht vergessen. Wenn die Kids ihre Flugversuche starten, um später das elterliche Nest mit kräftigen Flügeln verlassen zu können, sind vor allem die Mütter wieder vermehrt auf sich selbst zurückgeworfen. Viele Frauen sind dann gerade im ‹richtigen› Alter für eine Midlife-Krise. Nicht selten stellt sich nun das Gefühl ein: *Mein bisheriger Lebensinhalt war, den Bedürfnissen von Mann und Kindern gerecht zu werden. Jetzt merke ich, wie ich meine eigenen Wünsche zu sehr vernachlässigt habe. Ich weiss eigentlich gar nicht mehr so recht, wer ich bin und was ich will! Was ich aber nicht will, ist, weiterhin nur für die anderen da zu sein.*

Bei den Männern ist oft nur der Schwerpunkt etwas verschoben: *Ich habe viel gearbeitet und mich im Job eingesetzt, um die Familie finanziell abzusichern. Aber mache ich diese Arbeit eigentlich noch gerne? Möchte ich nicht lieber mal etwas Neues anpacken?* Oder: *Lasse ich mich zu sehr von der Arbeit absorbieren und habe dadurch den emotionalen Faden zu Frau und Kindern – und vor allem auch zu mir selbst – verloren?*

Wir alle müssen uns immer wieder mit Lebenssinn-Fragen beschäftigen. Mit zunehmendem Alter wird der Blick auf die Zukunft ein anderer: Es ist nun nicht mehr die Zeit, die noch vor uns liegt, als vielmehr die Zeit, die uns noch bleibt. Die Vergänglichkeit des Lebens wird real und der Tod zu etwas Konkretem. Sich selbst mit den offenen Fragen ernst zu nehmen und Verunsicherung zuzulassen, kann einer depressiven Verstimmung vorbeugen. Damit verhindert man Stagnation und ermöglicht sinnvolle Veränderung. Depression bedeutet oft auch blockiert sein, Angst haben vor dem Weiterleben und damit auch vor der persönlichen Weiterentwicklung. Davon betroffene Menschen sind besonders gefordert, sich intensiv mit sich selbst und ihren Bedürfnissen auseinander zu setzen, um wieder neuen Lebensmut zu finden.

Beziehungsdynamik

Unsere Lebensgeschichte ist von Anfang an eine Beziehungsgeschichte. Seit der frühesten Kindheit erleben wir im Kontakt mit unseren Bezugspersonen Gefühle wie Zufriedenheit, Glück, Ärger, Wut, Trauer, Einsamkeit usw. Diese frühen Beziehungen werden zum Modell, wie wir später auf andere Menschen zugehen, was wir von ihnen erhoffen oder auch befürchten.

Die Partnerschaft löst die frühere Bindung zu den Eltern ab. Da wir alle in unserer Kindheit auch mit Problemen konfrontiert wurden, deren Lösung wir nicht beeinflussen konnten, bringen wir auch unbewältigte Themen mit in eine Liebesbeziehung. Das heisst, unser Fühlen und Denken als Erwachsene ist vor allem in konflikthaften Situationen von alten, unverarbeiteten Erfahrungen eingefärbt, ohne dass wir uns dessen immer bewusst sind. Es bleibt eine grosse Sehnsucht nach echter und tiefer Bindung, aber oft auch eine grosse Angst, wieder enttäuscht zu werden.

Wir hoffen, der Partner könnte uns davor bewahren, alte Frustrationen und Schmerzen erneut zu erleben. Von diesen unbewussten Gefühlen wird bereits die Partnerwahl beeinflusst. Wir verlieben uns in Personen, bei denen wir einen ähnlichen Grundkonflikt wie bei uns herausspüren. Dieses unbewusste, in tiefster Seele Erkanntwerden zeigt sich im Gefühl: ***Es ist, als ob wir uns schon ewig kennen würden.*** In der Verliebtheitsphase zieht uns diese Übereinstimmung an. Später kann gerade sie zu Konflikten führen.

Gemäss R. und M. Kreienbühl sind Paar- und Familienbeziehungen als System organisiert, das sich um Grundthemen wie Macht, Wert- und Sinngebung dreht. Die unbewussten Bedeutungen dieser Grundthemen in der eigenen Herkunftsfamilie bestimmen weitgehend die Art und Weise, wie wir lieben bzw. was wir als Liebe empfinden. Wenn wir uns verlieben, begegnen wir einem Menschen, der unsere Gefühle versteht, weil er einen ähnlichen Liebesbegriff hat. Es ist eine unausgesprochene Vereinbarung, was ein Paar als Liebe definiert und wodurch sie verletzt oder zerstört werden könnte. Auf diese Weise versuchen wir uns davor zu schützen, unverarbeitete seelische Schmerzen aus der Kindheit – so genannte Grundschmerzen – erneut zu erleben.

Der Liebesbegriff von Nora und Andreas könnte etwa so lauten: *Ich liebe dich, wenn du mir deine ganze Aufmerksamkeit gibst. Ich muss sicher sein, die/der Wichtigste für dich zu sein. Ich brauche dich, damit du mir meinen Wert und damit meine Existenzberechtigung bestätigst. Aus mir heraus fühle ich mich oft macht- und wertlos. Da ich aber nicht darauf vertrauen kann, dass ich für dich an erster Stelle stehe, versuche ich immer wieder, deine Aufmerksamkeit zu erzwingen. Wenn du dich dann zurückziehst und ich die ersehnte Zuwendung nicht von dir bekomme, fühle ich mich missachtet und verzweifelt. Dann sehe ich keinen Sinn mehr in unserer Beziehung und würde dich am liebsten verlassen.*

Hans Jellouschek spricht von ‹zentralen Lebensthemen›, was vergleichbar ist mit den beschriebenen Grundschmerzen. Diesen Ausdruck möchte ich übernehmen, denn er macht deutlich, wie uns bedeutsame individuelle Lebensfragen über lange Zeit begleiten. Prägende Kindheitserfahrungen sind nicht einfach vorbei und vergessen (das Unbewusste vergisst nichts), sondern erweisen sich als Herausforderungen für unser ganzes Leben. Die Frage ist, wie wir mit diesen zentralen Lebensthemen umgehen: Lassen wir uns von ihnen bestimmen und opfern wir ihnen unsere Lebensfreude, oder nutzen wir sie, um uns selbst besser zu verstehen?

So gesehen scheint es klar und einfach, sich für den Weg des persönlichen Wachstums zu entscheiden. Dieser Weg muss jedoch immer wieder erkämpft werden, denn unbewusst neigen wir dazu, uns lieber mit den gegebenen Einschränkungen zu arrangieren. Der Preis, den wir dafür zahlen – ein Mangel an Lebensfreude –, wird oft erst in einer Krise wahrgenommen.

Das Gefühl des Festgefahrenseins stellt sich ein, wenn wir schwierige Beziehungsmuster und Lebensthemen aus der Kindheit im Zusammenleben mit unserem Liebespartner reinszenieren:

Wir schaffen ungewollt die Bedingungen, um mit dem Partner erneut die mit früheren schmerzhaften Erfahrungen verknüpften Gefühle zu erleben. Damit erfahren wir genau das wieder, was wir eigentlich zu vermeiden hofften. Diese Dynamik ist dafür verantwortlich, dass sich wichtige Lebensthemen oft über Generationen fortsetzen.

Andreas' Eltern trennten sich, als er ca. vierjährig war. Obwohl er sich als Erwachsener im Grunde eine intakte Familie wünschte, heiratete er eine Frau, die er nach wenigen Jahren wieder verliess. Seine Tochter musste wie er selbst die Trennung der Eltern bereits im Kleinkindalter erleben.

Erst durch die bewusste Auseinandersetzung mit früheren Prägungen und zentralen Lebensthemen können wir lernen, diese im Hier und Jetzt zu relativieren und neue Wege zu gehen. Doch weshalb erleben wir diese alten Gefühle in ihrer ganzen Heftigkeit gerade beim Liebespartner wieder, und nicht mit der Freundin oder dem Arbeitskollegen?

Die frühe Beziehung zu den Eltern ist das wichtigste Modell für die Gestaltung einer späteren Liebesbeziehung. Es kann auch ein negatives Modell sein: *So eine Beziehung wie meine Eltern will ich nicht haben.* Eine negative Identifikation ist aber noch nichts Eigenes. Diesen eigenen Weg, eine Partnerschaft zu leben, müssen wir zuerst finden.

Wir bringen dem Liebespartner so viel Vertrauen – oder Misstrauen – entgegen, wie wir als Kind von unseren wichtigsten Bezugspersonen erfuhren. Nähe macht verwundbar. Wir alle sehnen uns nach Intimität mit einem anderen Menschen, nach umfassender Nähe auf geistiger, körperlicher und seelischer Ebene. Um Intimität erfahren zu können, müssen wir unser Herz öffnen. Deshalb kann uns der Mensch, welcher uns am nächsten steht, auch am stärksten verletzen.

Da sich bei Nora das Gefühl *Ich bin nicht so wichtig* als zentrales Lebensthema in ihrem Unterbewusstsein verankert hat, hat sie einerseits eine besonders grosse Sehnsucht nach einem Partner, der verlässlich ist und ihr versichert, dass sie die wichtigste Person in seinem Leben ist. Andererseits ist es schwierig, wirklich daran glauben zu können, wenn man es früher kaum so erlebt hat.

Zu Beginn der Beziehung mit Andreas wurde ihre Sehnsucht erfüllt. Er warb aktiv um sie und beide waren sehr verliebt. Als sie dann zusammenzogen und der Alltag einkehrte, entstanden bald Konflikte. Die Tatsache, dass er selbst ungelöste Probleme mitbrachte – seine Exfrau und seine Eltern mischen sich auf unangemessene Weise ein und erschweren den Aufbau einer neuen Familie –, brachte Noras Grundgefühl wieder an die Oberfläche. Sie erlebt ihren Partner nun weniger verlässlich und leidet unter der Angst, dass für Andreas nicht sie, sondern seine Tochter an erster Stelle steht.

Wenn sie sich über Andreas' mangelnde Zuwendung beklagt, wird auch bei ihm ein zentrales Lebensthema reaktiviert: Er fühlt sich zu wenig verstanden. So erlebt er wieder das alte Gefühl: *Es geht nicht um mich, ich soll nur die Bedürfnisse der andern befriedigen* – letztlich also auch: *Ich bin nicht wichtig.* Das ist für beide schmerzhaft, denn sie lieben einander und sind im Grunde genommen füreinander die bedeutendsten Menschen. Nur fühlen sie dies in Konfliktsituationen nicht mehr. Damit treffen sie immer wieder ihre wunden Punkte; ihre Seelen begegnen sich dort, wo sie am verletzlichsten sind.

Dieses Zusammenspiel beider Partner ist uns oft nicht bewusst. Wir erleben eher den andern als Verursacher unseres Schmerzes. Dann stellt sich das Gefühl ein: *So ist es nicht mehr zum Aushalten mit dir!*

Wenn nun der Leidensdruck deutlich spürbar wird, sind beide gefordert, sich mit ihren zentralen Lebensthemen und deren Auswirkung auf die Beziehung zu befassen. Durch verschiedene unbewusste Abwehrmuster kann eine notwendige Veränderung zwar vorerst vermieden werden. Dies hat aber den Preis, dass die Beziehung in einer ungesunden Dynamik feststeckt, welche beide Partner belastet und wiederum – neue – seelische Schmerzen erzeugt.

Wir alle sind mit der vom Liebespartner unbewusst an uns übertragenen Aufgabe, seine alten Wunden zu heilen, überfordert. Zu Beginn einer neuen Beziehung möchten wir nichts lieber tun, als den Partner glücklich zu machen. Später versuchen wir, den Lebensgefährten so zu verändern, wie wir ihn brauchen würden, damit er unsere früheren und aktuellen Enttäuschungen heilt. Dass dies in der Regel nicht funktionieren kann, wird mit der Krise deutlich. Nun spüren wir, wie sich unser Verhalten, Denken und Fühlen gegenseitig beeinflusst.

Vielleicht hat sich auch bei Ihnen im Laufe der Jahre ein unerfreuliches Beziehungsmuster eingeschlichen. Dies ist meistens sowohl auf konkrete Enttäuschungen im Zusammenleben als auch auf Reinszenierungen zentraler Lebensthemen zurückzuführen. Ein problematisches Beziehungsmuster wird oft nicht als gemeinsame Aktion erlebt, sondern als störendes Verhalten des Partners gesehen. Es hat die Tendenz, sich unserer bewussten Kontrolle zu entziehen und bei jeder Gelegenheit wie ein unerwünschter und aufdringlicher Gast in eine Party zu platzen. Ein solcher Besucher bringt es fertig, in Kürze die vorher an sich gute Stimmung zunichte zu machen. Oft braucht es nur ein einziges falsches Wort, und schon ärgern Sie sich über den andern und verlieren jede Lust am Zusammensein.

In einer Paartherapie können meist sowohl die aktuellen Probleme als auch zentrale Lebensthemen beider Partner herausgeschält und bearbeitet werden. Es geht einerseits darum, unverarbeitete Verletzungen zu erkennen und auszusprechen, sie zu betrauern oder seinen Ärger auszudrücken und vom andern verstanden zu werden. Falls es sich um Wiederholungen von Grundgefühlen handelt, ist es nötig, diese mit ihrem Ursprungsort in der Herkunftsfamilie in Verbindung zu bringen. So lernen Sie zu begreifen, wie sich Ihre Lebensthemen in der Paarbeziehung erneut zeigen und welche schmerzhaften Gefühle nicht hierher, sondern in Ihre eigene Geschichte gehören. Wenn beide Partner in diesem Sinne an sich selbst arbeiten, wird vieles einfacher.

Andererseits müssen neue Beziehungsregeln ausgehandelt werden, welche den heutigen Bedürfnissen beider Partner besser entsprechen. Sie versuchen beide, Ihre Gefühle und problematischen Verhaltensweisen zu verstehen und wo nötig zu verändern. Ebenso wichtig ist es, auch die Verletzungen des Partners ernst zu nehmen. So entwickeln Sie sich gemeinsam weiter. Sie erarbeiten eine neue Choreografie für Ihren Paar-Tanz, welche mehr echte Begegnung und Lebensfreude verspricht.

Falls Sie Ihren Partner momentan nicht für eine aktive Veränderung gewinnen, können Sie auch alleine etwas bewirken. Wenn Sie selbst neue Schritte wagen, wirkt sich dies auch auf ihn aus. Indem Sie neues Verhalten ausprobieren und so den Teufelskreis durchbrechen, wird er vermehrt auf sich selbst zurückgeworfen und muss überprüfen, wie er Ihnen nun begegnen kann, um wieder Nähe und Geborgenheit zu erleben.

Belastende Ereignisse und kritische Lebensübergänge

Belastende Erfahrungen können sowohl akute, traumatische Erlebnisse als auch schrittweise Veränderungen oder Nicht-Ereignisse sein und alle eine Krise auslösen.

Mirjam und Hans mussten die überaus schmerzhafte Erfahrung machen, dass ihr zweites Kind unmittelbar vor der Geburt im Mutterleib starb. Bei der Geburt wurden sie einfühlsam begleitet. Man sagte ihnen auch, dass sie therapeutische Hilfe beanspruchen sollten, da ein solch traumatisches Ereignis eine grosse Belastung bedeutet. Es war bewegend, mitzuerleben, wie dieses Paar damit umging: Beide erlaubten sich, zu trauern und ihre Gefühle offen auszudrücken. Sie unterstützten sich gegenseitig und gaben einander Halt.

Eine Paarkrise hätte sich wohl dann entwickelt, wenn einer von beiden seine Gefühle nicht offen hätte zeigen können. Dann hätte der andere sich mit seinem Schmerz alleine gelassen gefühlt und sich emotional zurückgezogen. Damit wären beide mit ihrem Schmerz und ihrer Trauer allein gewesen. Zum Glück konnte dieses Paar bewusst und beziehungsvoll mit dieser schlimmen Erfahrung umgehen. Und doch glaubt Mirjam zeitweise, versagt zu haben, weil sie es nicht geschafft hatte, nochmals ein gesundes Kind zur Welt zu bringen. Solche Gefühle sind normal und verständlich, auch wenn sie real unbegründet sind. Sie zeigen, wie sehr ein solches Erlebnis einen Menschen in seinem ganzen Sein erschüttert.

Der Tod der eigenen Eltern ist hingegen ein Ereignis, auf das wir uns über längere Zeit hinweg seelisch einstellen können. Und doch ist auch dieser Verlust oft sehr belastend und kann grosse Verunsicherung auslösen. Vor allem der Tod des Elternteils, der einem emotional näher steht, hinterlässt vielleicht das schmerzhafte Gefühl: ***Jetzt bin ich endgültig auf mich alleine gestellt.*** Es tut gut, sich dem Partner anzuvertrauen, indem man ihm erzählt, welche Gedanken und Gefühle der Tod des Elternteils hervorruft. Vielleicht werden alte Sehnsüchte lebendig. Sie spüren nun, was Sie von Mutter oder Vater noch gebraucht hätten, und auch, was zwischen ihnen beiden noch unerledigt war. Wenn Sie den Partner daran teilhaben lassen, öffnen Sie sich, um von ihm Geborgenheit und Unterstützung zu erfahren.

Silvia verlor ihren Vater, als dieser erst 69-jährig war. Er hatte ein Jahr zuvor sein eigenes Geschäft verkauft, doch seither ging es ihm gesundheitlich immer schlechter. Da er dann jedoch unerwartet schnell starb, konnte sich Silvia nicht mehr von ihm verabschieden. Bei der Beerdigung fühlte sie eine unendlich grosse Trauer, gerade weil sie oft eine gewisse Distanz zu ihrem Vater gespürt hatte. Sie trauerte darum, dass es ihrem Vater nicht vergönnt war, noch einige gesunde und erfüllte Jahre ohne Arbeit zu erleben, und um die emotionale Distanz zu ihm, die sie trotz dem Gefühl, ihn zu lieben und auch von ihm geliebt zu werden, nie überwinden konnte. Es war für sie wichtig, Halt und Unterstützung von ihrem Partner zu erfahren und mit ihm über ihre Gefühle zu sprechen.

Ein Nicht-Ereignis, das gesellschaftlich je länger, je mehr an Bedeutung gewinnt, ist die ungewollte Kinderlosigkeit. Diese kann eine Identitätskrise bei der betroffenen Frau und/oder eine Paarkrise auslösen. Es ist schwierig, etwas zu betrauern, das nicht geschehen ist. Und doch ist der Weg über das schmerzvolle Abschiednehmen vom nie geborenen Kind unumgänglich, um wieder Lebensfreude und neue Sinnhaftigkeit zu erfahren.

Amanda ist 40-jährig und seit drei Jahren glücklich mit Rolf verheiratet. Sie war vor Jahren bei mir in Therapie, um die Trennung von ihrem früheren Partner sowie belastende Kindheitserfahrungen zu verarbeiten. Nun quälen sie verschiedene körperliche Symptome. Ausserdem fühlt sie sich seit ihrer letzten Periode sehr deprimiert, denn sie wünschte sich seit längerem ein Kind. Aus medizinischer Sicht wurden bei diesem Paar keine Probleme festgestellt – ausser, dass Amanda nicht mehr jung ist. Sie hatte drei erfolglose Inseminationen hinter sich; In-vitro-Befruchtung lehnte sie aus ethischen Gründen ab. Amanda ist eine lebhafte und warmherzige Frau, die eine schwierige Kindheit hinter sich hat. Ihre Mutter litt an chronischer Depression und ihr Vater trank. Sie sagt: «Ich musste die Mutter für meine Mutter sein.»

Ist es für sie vielleicht schwierig, ein eigenes Kind zu bekommen, weil neben diesem ‹Mutter-Kind› kein wirkliches Kind Platz hat? Und/Oder weil sie befürchtet, ihrem Kind keine gute Mutter sein zu können, so wie sie selbst keine gute Mutter hatte?

Durch die offene Auseinandersetzung mit diesen Gefühlen geht es ihr bald wieder besser. Sie traut sich nun eher zu, eine gute Mutter sein zu können, und will ihre Hoffnung noch nicht aufgeben. Andererseits spürt sie, dass ihr Leben auch ohne ein eigenes Kind einen Sinn hat, und sie bereitet sich auf eine berufliche Weiterbildung vor.

Jeder Lebensübergang bedeutet Veränderung, sich auf Neues einlassen, aber auch Abschied nehmen von dem, was war, und verlangt eine Aussöhnung mit dem, was man im vorherigen Lebensabschnitt verpasst hat.

Ein einschneidender Lebensübergang für viele Frauen ist die Menopause. Dies ist zwar eine natürliche Veränderung, kann jedoch als sehr belastend erlebt werden.

Jede Frau braucht Zeit und Geduld, um sich mit den Veränderungen in ihrem Körper und ihrer Seele zurechtzufinden und diese zu akzeptieren. Sie muss den für sie richtigen Weg finden, wie sie ihre Wechseljahr-Symptome behandeln will: mit pflanzlichen Mitteln, mit Hormonen, mit bewusster Ernährung und Bewegung. In schlafgestörten und verschwitzten Nächten fragt sie sich vielleicht: *Bin ich noch attraktiv für meinen Partner, jetzt, da sich mein Körper verändert? Habe ich selbst noch Lust auf Sex – oder wenn nicht, was müsste ich ändern, um wieder Lust zu erleben? Werde ich als Frau überhaupt noch wahrgenommen? Aber auch: Wie sehe ich mich selbst als Frau im mittleren Alter? Kann ich jenseits des jugendlichen Schönheitsideals zu meiner körperlich-seelisch-geistigen Attraktivität stehen und meinen Mitmenschen selbstbewusst begegnen? Welche neuen Lebensinhalte und Ziele interessieren mich nun besonders?*

Es ist wichtig, dass wir nicht verschweigen, was in uns vorgeht. Sprechen wir mit anderen Frauen über unsere Erfahrungen und muten wir uns auch dem Partner zu! Das hilft, die Veränderungen in Körper und Seele anzunehmen und uns ohne Reue von der körperlichen Fruchtbarkeit zu verabschieden. Nun ist es Zeit, unsere geistig-seelische Kraft bewusst zu entwickeln. Es kann entlastend sein, nicht mehr einem unrealistischen Schönheitsideal nachrennen zu müssen, dem ja die Mehrheit von uns bereits in jungen Jahren nicht genügen konnte. «Wie das Klimakterium erlebt wird, hängt auch sehr davon ab, ob Frauen sich auf attraktive Biologie reduzieren lassen oder ob sie darauf bestehen, vollwertige Persönlichkeiten zu sein.» (Verena Kast)

Die Wechseljahre müssen also nicht zwangsläufig negativ erlebt werden. Wichtig ist, welche Bedeutung Sie selbst einer Erfahrung zuordnen.

Während Hanna sehr unter ihren Wallungen und Stimmungsschwankungen leidet, sich nicht mehr attraktiv und weniger leistungsfähig fühlt, spürt Petra eher die positive Herausforderung: Sie ist heute selbstbewusster als in jungen Jahren und steht überzeugter zu ihrer eigenen Meinung und ihren Bedürfnissen. Sie hält ihren Körper in Bewegung und fühlt sich wohl dabei. Sie hat Zugang zu ihren reifen weiblichen Qualitäten und leidet weniger unter körperlichen Beschwerden. Es ist nicht immer einfach, trotz des gesellschaftlichen Jugend- und Schönheitskults als Frau selbstbewusst und würdevoll älter zu werden, doch das Wagnis wird mit Lebensfreude und echter Liebesfähigkeit belohnt.

Die Beschreibung belastender Lebensereignisse liesse sich noch verlängern: Erfahrungen wie Arbeitslosigkeit, eigene Erkrankungen oder solche von Partnern, Kindern oder Eltern oder auch äussere Ereignisse wie das Erleiden von Gewaltakten, Unfällen oder Naturkatastrophen. Solche Ereignisse sind schwer zu ertragen und fordern viel Kraft von Einzelpersonen, Paaren, Familien und sozialen Gruppen. Auch Phasen von grosser Trauer, Wut oder Hoffnungslosigkeit gehören dazu. Es braucht Zeit, sich auf Lebensumstände einzustellen, welche man nicht selbst wählen konnte, und es ist notwendig, sich mit solch schwierigen Erfahrungen aktiv auseinander zu setzen, um mit neuer Hoffnung und neuem Lebensmut weitergehen zu können.

Wir alle erleben zum Glück aber auch freudige Lebensübergänge. Doch auch diese sind oft nicht problemlos. Dazu gehören die Heirat und die Geburt eines Kindes.

Auch wenn ein Paar schon vorher zusammenlebte, tritt die Beziehung mit der Heirat in eine neue Phase ein. Eine stärkere Verbindlichkeit ist nun gegeben: Ich bin deine Frau, du bist mein Mann. Damit müssen vor allem Personen mit einer gewissen Bindungsangst zuerst einmal klarkommen. Denn die Entscheidung für den Partner bedeutet auch, die Ausschliesslichkeit dieser Liebesbeziehung zu akzeptieren. Mit der Heirat legen wir uns auf diese Person fest und verzichten auf mögliche andere Partner, die auch zu uns passen könnten.

Die Geburt des ersten Kindes macht aus dem Paar eine Familie, was eine grosse Veränderung für Frau und Mann bedeutet. Beide müssen lernen, dass die Partnerschaft weiterhin wichtig ist und gepflegt werden will. Die neue Elternrolle ist eine tägliche Herausforderung. Für so manche Frau bringt die Mutterschaft eine fast schockartige Veränderung ihres Alltags mit sich. Während sie vorher berufstätig war und dabei vielfältige Kontakte pflegen konnte, ist sie nun tagsüber mit ihrem Säugling oft alleine. Sie muss sich auch damit auseinander setzen, was für eine Mutter sie selbst sein kann und will. Das heisst, die Beziehung zur eigenen Mutter mit ihren guten und schwierigen Seiten gewinnt eine neue Bedeutung. Nun, da sie selbst Mutter ist, fühlt sie sich ihrer eigenen Mutter vielleicht wieder näher und kann sie besser verstehen. Doch vieles möchte sie auch anders machen, und sie merkt nun, dass dies gar nicht so einfach ist. Wenn sie sich einen grossen Druck auferlegt, eine perfekte Mutter sein zu müssen, besteht die Gefahr, an einer postnatalen Depression zu erkranken. Oder es entstehen Beziehungsprobleme, weil sie ihren Partner als zu wenig unterstützend und einfühlsam erlebt, sich aber durch übermässige Sorge um das Kind auch selbst von ihm entfernt.

Das Leben des Mannes verändert sich äusserlich weniger stark, aber auch er muss sich an neue Aufgaben gewöhnen und sich mit neuen Gefühlen auseinander setzen. Vielleicht spürt er eine leise Eifersucht auf sein Kind und auf seine Frau, die er doch beide liebt. Es macht ihm zu schaffen, dass diese beiden während der ersten Monate eine symbiotische Einheit bilden, von welcher er vorläufig ausgeschlossen bleibt. Er leidet darunter, nicht mehr an erster Stelle bei seiner Frau zu stehen.

Deshalb ist es so wichtig, dass auch der Vater sich von Anfang an aktiv um das neugeborene Kind kümmert und mit ihm eine eigene und von der Mutter unabhängige Beziehung aufbauen kann. Damit wird die Voraussetzung geschaffen, dass Frau und Mann sich auch wieder als Paar begegnen können.

Die Gründung einer eigenen Familie ist eine durch nichts zu ersetzende Erfahrung, wenn auch eine anspruchsvolle. Das Leben im neuen Beziehungssystem verlangt von Männern und Frauen dreierlei Sensibilität: Die eigenen Bedürfnisse sowie jene des Kindes und des Partners müssen unter einen Hut gebracht werden.

Die äusseren Bedingungen wirken dabei nicht gerade unterstützend. Unsere individualistische Gesellschaftsstruktur bietet dem Einzelnen zwar viel Freiheit, sein Leben nach den eigenen Wünschen zu gestalten, andererseits existieren zu wenig soziale Netze, auf die wir selbstverständlich zurückgreifen können. Auch viele Grosseltern gehen heute eigenen Beschäftigungen und Hobbys nach und möchten nicht mehr regelmässig ihre Enkelkinder betreuen. Solche Netzwerke wie gleichgesinnte Freunde, gute Nachbarschaft, Elterngruppen usw. müssen wir uns selbst aktiv schaffen.

Bei Lebensübergängen ist es immer entscheidend, welche Bedeutung Sie dieser Veränderung geben. Wenn Sie sich neugierig und interessiert auf Neues einlassen, können Sie viele positive Erfahrungen machen. Immer wenn eine Veränderung in Ihrem Leben ansteht, werden auch mit früheren Erfahrungen verbundene Gefühle wieder aktiviert. Lebensübergänge eröffnen die Chance, überholte Glaubens- und Beziehungsmuster zu hinterfragen und sie im positiven Sinne zu verändern.

Frauen- und Männerrollen und gesellschaftliche Bedingungen

Frauen und Männer erleben ihre Beziehung oft unterschiedlich. Aufgrund der Evolutionsgeschichte und kultureller Gegebenheiten haben sich geschlechtsspezifische Schwerpunkte ausgebildet, die bis heute in Erziehung und Schule noch verstärkt werden. Verschiedene Untersuchungen zeigen, dass Jungen Probleme eher dadurch zu lösen versuchen, dass sie etwas tun, während Mädchen in derselben Situation Kontakt zu anderen aufnehmen und reden.

Das hat natürlich Auswirkungen auf die Paarbeziehung: «Männer konzentrieren ihre Aufmerksamkeit in der Paarbeziehung mehr darauf, dass der Alltag gut läuft, und fühlen sich geliebt, wenn ihr Einsatz für die Familie von der Partnerin anerkannt wird. Frauen dagegen legen in erster Linie Wert darauf, sich mit ihrem Partner gut zu verstehen und sich innerlich nah zu fühlen ... Sie spüren die Liebe, wenn sie mit ihm über alles reden und ihre Gefühle offen ausdrücken können.» (G. u. J.Kreppold-Gröger)

Auf diese Rollen sind wir jedoch nicht unausweichlich festgelegt, wir können auch gegenseitig voneinander lernen. Die Frauenbewegung hat dies gezeigt; sie hat in den letzten 40 Jahren grosse Veränderungen in den Beziehungen zwischen Männern und Frauen sowie in der Gesellschaft bewirkt. Frauen sind heute genauso gut ausgebildet wie Männer, sie sind berufstätig und finanziell unabhängig, doch leider noch nicht überall auch gleich entlöhnt für gleiche Arbeit. Die klar definierten Frauen- und Männerrollen aus der Zeit vor 1968 sind aber einem neuen Rollenverständnis für beide Geschlechter gewichen. Heute gelten partnerschaftliches Zusammenleben und eine flexible Rollenteilung zwischen Männern und Frauen allgemein als erwünscht. Und doch ist es nicht so einfach, dies auch in die Praxis umzusetzen. Durch das Vorbild unserer Eltern leben auch in uns traditionelle Rollenbilder weiter.

Kinder leben in den ersten Jahren mehrheitlich in einer Frauenwelt. Für beide Geschlechter ist die Mutter das primäre Liebesobjekt. Das Mädchen identifiziert sich mit ihr, während der Junge sich wegen seiner körperlichen Andersartigkeit früher von ihr abgrenzen muss, um sich auch seelisch als männlich zu erfahren. Fälschlicherweise setzen aber viele Jungs Unabhängigkeit mit männlicher Stärke und Bezogenheit mit weiblicher Schwäche gleich. Dies hängt damit zusammen, dass sie oft keinen emotional präsenten Vater haben, mit dem sie genauso wie zur Mutter seelische Nähe und Bezogenheit erfahren.

So bleibt bei Männern oft eine Sehnsucht nach der frühkindlichen Symbiose mit der Mutter, aber auch eine Angst vor dem Vereinnahmtwerden durch das Weibliche. Muttersöhne setzen in ihrer Liebesbeziehung den Zwiespalt von Abhängigkeit und Freiheitsdrang fort, indem sie die emotionale Nähe zur Frau vermeiden. Wenn der Sohn hingegen Halt und liebevolle Zuwendung auch beim Vater findet, kann er sich so weit wie nötig von der Mutter ablösen und sie trotzdem lieben. Als Mann kann er sich später eher beziehungsvoll auf seelisch-körperliche Nähe mit Frauen einlassen.

Wenn dieser Mann nun mit seiner Freundin zusammenlebt und beide berufstätig sind, wird die Hausarbeit in der Regel aufgeteilt. Doch wenn aus dem Paar eine Familie wird, sieht es wieder anders aus. Wenn wir selbst Kinder haben, leben die von unseren Eltern vorgelebten Männer-/Vater- und Frauen-/Mutterbilder in unserer Paarbeziehung wieder auf. Dann greifen wir oft auf traditionelle Geschlechterrollen zurück. Es ist zwar sinnvoll, wenn die Mutter anfänglich zu Hause bleibt und genug Zeit hat, ihr Kind zu stillen und zu betreuen. Wir gehen jedoch das Risiko ein, mit dem zweiten oder dritten Kind automatisch in diesem Rollenmuster stecken zu bleiben. Unversehens finden wir uns in einer traditionellen Arbeitsteilung zwischen Berufstätigkeit und Haushalt/Kinderbetreuung wieder. Falls beide Partner eigentlich eine andere Lebensplanung hatten, führt das zu Frustrationen.

Es ist empfehlenswert, schon vor der Familiengründung darüber zu diskutieren, wie beide sich die Aufteilung zwischen Kinderbetreuung und Berufstätigkeit konkret vorstellen. Viele Paare wählen die traditionelle Rollenteilung, solange die Kinder noch klein sind. Wichtig dabei ist, sich bewusst zu machen, dass dies nicht für immer so sein muss. Egal, ob die Frau schon nach kurzer Zeit oder erst nach zehn Jahren wieder in den Beruf einsteigt: Sie ist dabei auf die tatkräftige Unterstützung ihres Partners angewiesen. Es muss ein neuer Lastenausgleich in der Familie gefunden werden. Denn die Arbeitsbelastungen im Alltag sollten ebenso gleichwertig verteilt sein wie die Chancen, freie Zeit für sich selbst zu haben.

Heutzutage organisieren viele Paare ihr Zusammenleben so, dass nach einer Phase intensiven Familienlebens wieder beide berufstätig sind. Doch wie sehen die gesellschaftlichen Möglichkeiten dazu aus, und wie gestaltet sich dabei die gesamte Arbeitsbelastung des Paares?

Der Druck auf dem Arbeitsmarkt hat in den letzten Jahren stark zugenommen, während die tatsächlich zu verteilende Arbeit immer geringer wird. Wer einen Job hat, muss oft mehr als 100% Einsatz leisten. Unter dem permanenten Wegrationalisierungs-Druck können es sich nur wenige Familienväter leisten, teilzeitlich zu arbeiten und die Berufs- und Familienarbeit mit ihrer Partnerin zu teilen. Sie sind, wenn überhaupt, nur abends und am Wochenende in der Familie anzutreffen. Dies bedeutet, dass die Hauptverantwortung für die Kinder nach wie vor bei den Müttern liegt. Viele Väter werden durch diese Bedingungen in ihrer Familie an den Rand gedrängt, ohne dass das Paar dies beabsichtigt.

Mütter können zwar auch ausser Haus berufstätig sein und ihre Kinder zeitweise fremdbetreuen lassen. Doch dies beschränkt sich in den meisten Fällen auf Teilzeitarbeit; eine anspruchsvolle Karriere steht nach wie vor nur privilegierten oder kinderlosen Frauen offen. Zudem sind viele Frauen nicht freiwillig berufstätig, denn mit nur einem Einkommen ist der Lebensunterhalt einer Familie heutzutage schwer zu bestreiten. Negativer Stress infolge von Doppel- oder Dreifachbelastung ist mittlerweile für viele von uns an der Tagesordnung.

Max und Doris haben einen 7-jährigen Sohn und eine 11-jährige Tochter. Kurz vor der Geburt des ersten Kindes beziehen sie ein neues Reihenhaus in ländlicher Umgebung. Doris arbeitet weiterhin einen Tag pro Woche als kaufmännische Angestellte, während ihr Mann einen anspruchsvollen Job als Ingenieur ausübt. Alles ist perfekt, die Familie ist glücklich.

Doch nach ein paar ruhigen Jahren schleicht sich bei Doris Unzufriedenheit ein: Max arbeitet abends oft lange, wird bei der Heimfahrt durch den starken Verkehr zusätzlich aufgehalten und kommt erst nach Hause, wenn die Kinder schon schlafen. Am Wochenende ist er müde oder arbeitet am Computer. Doris fühlt sich von ihrem Mann vernachlässigt und mit der alleinigen Verantwortung für die Kinder überfordert. Sie würde gerne mehr mit der Familie unternehmen. Sie wünscht sich, dass Max zwei Mal pro Arbeitswoche um 18 Uhr zu Hause ist, damit er mit ihr und den Kindern essen kann.

Max selbst spürt noch keinen grossen Leidensdruck, denn seine Arbeit fasziniert ihn. Die Bedürfnisse von Doris bedeuten für ihn eher zusätzlichen Stress. Im Laufe der Paartherapie spürt er aber, dass er die emotionale Nähe zu seiner Frau und den Kindern zu verlieren droht.

Es geht für Max nun darum, einen konstruktiven Umgang mit dem Alltagsstress zu finden und klarere Prioritäten zugunsten der Familie und der Partnerschaft zu setzen. Doris muss ihrerseits lernen, ihrem Mann mehr Raum in der Familie zu geben. Ihn in Haushalt und Kindererziehung einzubeziehen, bedeutet auch eine Machtteilung.

Überforderung und Stress sind oft mit im Spiel, wenn Paare nicht mehr liebevoll miteinander umgehen, sich entnervt aus dem Weg gehen oder sich Schimpfworte an den Kopf werfen. Wenn Stress über lange Zeit unverändert ausgehalten werden muss, ist früher oder später mit einem Burnout oder einer Beziehungskrise zu rechnen.

Guy Bodenmann unterscheidet drei Variablen von Stress:

1. Stress wird subjektiv erlebt – Menschen reagieren in derselben Situation unterschiedlich, je nach Stimmung, früheren Erfahrungen und Persönlichkeitsmerkmalen. Stress entsteht dann, wenn eine Person befürchtet, den Anforderungen einer Aufgabe nicht gewachsen zu sein, und/oder sich selbst unter grossen Druck setzt.
2. Es gibt positiven und negativen Stress. Negativer Stress wirkt bedrohlich und schädigend, während positiver Stress eine Person aktiviert und zuversichtlich stimmt. Er macht Mut und Lust, sich an eine neue Aufgabe heranzuwagen.

Als negativ wird sowohl Über- als auch Unterforderungsstress erlebt. Während Überforderung Symptome wie Konzentrationsmangel, Nervosität, Gereiztheit und Anspannung auslöst, kann Unterforderung Passivität, Lustlosigkeit und depressive Verstimmungen begünstigen.

3. Mehrfachbelastung erzeugt oft negativen Stress. Eine Belastung in einem Bereich kann auch in anderen Lebensbereichen zu Gefühlen der Überforderung führen.

Abschliessend eine grundsätzliche Bemerkung: Gemeinsam stressfrei verbrachte Zeit ist eine wichtige Voraussetzung, um die Zufriedenheit und Geborgenheit in der Beziehung nicht vom Alltagsstress überdecken zu lassen. Dabei kommt es vor allem auf die Qualität dieser gemeinsamen Zeit an. Für die meisten Paare ist es kein Problem, einander zwischendurch die Türklinke in die Hand zu geben, wenn sie sich immer wieder bewusst auch Zeit und Musse nehmen, ein persönliches Gespräch zu führen, miteinander zu kuscheln oder zusammen auszugehen.

In jedem Lebensbereich kann eine Krise auftreten. Oft besteht sie jedoch aus einer Kombination von verschiedenen Belastungen in den genannten Bereichen. So gesehen ist es wirklich erstaunlich, dass wir trotz dieser vielfältigen und komplexen Herausforderungen immer wieder auch ruhige und harmonische Zeiten erleben können!

Doch welches sind nun die konkreten Stolpersteine und Lösungsmöglichkeiten in längerfristigen Paarbeziehungen?

2. Kapitel

Was läuft bei uns eigentlich schief?

Gleichgewicht oder Schieflage?

Diese Frage können Sie durchaus wörtlich nehmen. Die Krise zeigt auf, dass etwas in Ihrer Beziehung aus dem Gleichgewicht geraten und in Schieflage gekommen ist.

Stellen Sie sich eine Kinderschaukel vor. Wenn zwei unterschiedlich grosse Kinder zusammen schaukeln, haben beide nicht lange Spass daran. Das schwerere Kind sitzt am Boden fest, während das kleinere sozusagen in der Luft hängt. Beide sind blockiert, es ist kein gleichmässiges Schaukeln möglich. So ist es auch in der Paarbeziehung. Wenn sie nicht mehr im Gleichgewicht ist, besteht die Gefahr, dass sich unbefriedigende Beziehungsmuster verhärten und die offene Begegnung blockieren.

Eine Partnerschaft kann sowohl aus persönlichen Gründen als auch durch äusseren Stress in Schieflage geraten. Der Alltagsstress, dem viele von uns ausgesetzt sind, führt dazu, dass die Paarbeziehung nicht mehr aktiv gepflegt wird. Doch es ist auch eine Frage der Einstellung. Viele Männer und Frauen setzen einfach voraus, dass sie den Partner irgendwie ‹automatisch› lieben und von ihm geliebt werden. Sie unterliegen der Illusion, dass diese Liebe unerschütterlich sei. Die Liebe blüht aber nur, wenn Intimität möglich ist, das heisst geistige, emotionale und körperliche Nähe zum anderen. Diese erhält und erneuert sich jedoch nicht von selbst – ohne aktives Dazutun geht sie verloren.

Unsere Ansprüche an die Qualität einer Beziehung sind heute so hoch wie noch nie in der Geschichte der Menschheit. Durch den Bedeutungsverlust von grösseren sozialen Netzen wie Verwandtschaft oder Nachbarschaft ist die Paarbeziehung zu *dem* Sinnbild für Geborgenheit und Intimität geworden.

Eine paradoxe Situation: Die Paarbeziehung ist für uns der zentrale Ort, wo wir Liebe, Verständnis und Unterstützung suchen. Sie soll uns Sinn und Halt geben, um uns in der Welt ‹draussen› behaupten zu können. Gleichzeitig fehlt es oft am Wissen, wie dieser Ort auch gepflegt werden kann – und manchmal auch am Willen.

Krisen sind in einer langjährigen Partnerschaft unvermeidlich und normal. Beziehungsdynamisch gesehen ist eine Krise sinnvoll, weil damit Festgefahrenes wieder in Bewegung kommen und neu geordnet werden kann. Es macht Sinn, sich aus einer Blockade zu befreien, damit das Zusammenleben wieder fliesst. Und dennoch verursachen bewusst wahrgenommene und offen ausgesprochene Beziehungsprobleme immer wieder auch schmerzhafte Gefühle, wie Ärger, Trauer und Angst. «Es gibt keine Liebe ohne Hass, keinen Sex ohne Eifersucht, keine Nähe ohne Angst und den Wunsch, davonzulaufen.» (Moeller)

Haben Sie dennoch Mut, Ihre Situation genau anzuschauen und sich dabei folgende Fragen zu stellen: Welche Entwicklung steht in unserer Beziehung an und wartet darauf, von uns gesehen zu werden? Wozu wird diese Krise einmal gut gewesen sein?

Wir können nach Jellouschek vier Bereiche unterscheiden, in welchen Beziehungsprobleme auftauchen:

Dysfunktionale Kommunikation:
Negative oder mangelhafte Verständigung auf verbaler und nonverbaler Ebene, destruktive Streitigkeiten und Beziehungsmuster.

Aktuelle Lebensorganisation:
Probleme mit der Alltagsbewältigung und Aufgabenteilung, Sexualität, fehlendes Gefühl von Gleichwertigkeit und Gerechtigkeit in den Polaritäten Geben und Nehmen, Autonomie und Bindung, Durchsetzung und Anpassung.

Unerledigtes aus der Paargeschichte:
Alte Verletzungen, evtl. ‹Verrat› an der ursprünglichen Beziehungs-Utopie.

Unerledigtes aus den Herkunftsfamilien:
Zentrale Lebensthemen, welche in der Partnerschaft reinszeniert werden.

Der Begriff ‹Beziehungsdynamik› setzt sich konkret aus diesen vier Bereichen zusammen. Eine Wechselwirkung spielt zwischen den übergeordneten Lebensbedingungen von Paaren und den einzelnen Aspekten der partnerschaftlichen Beziehungsdynamik. Das folgende Schema verdeutlicht diese Wechselwirkung. Jeder Aspekt wird von den anderen mitgeprägt und beeinflusst seinerseits wieder die übrigen. All dies wirkt sowohl auf den Einzelnen als auch auf das Paar als System ein.

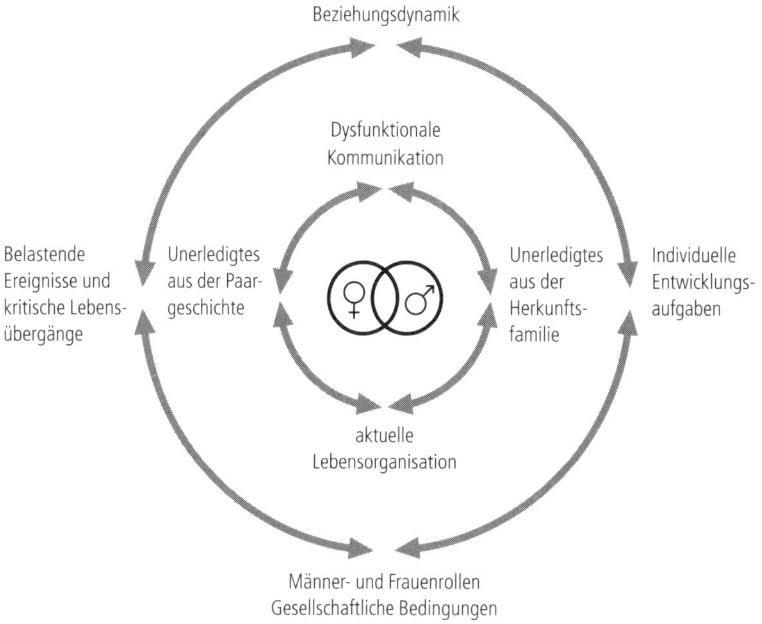

Kompliziert? Das ist es tatsächlich! Liebespartner beeinflussen sich dauernd gegenseitig in ihrem Zusammenspiel, und zwar durch die ständigen Wechselwirkungen der einzelnen Lebens- und Erfahrungsbereiche.

Auch auf der Ebene der Beziehungsdynamik (also im kleineren Kreis) sind in einer Beziehungskrise meist bei mehreren der sich gegenseitig beeinflussenden Bereiche Probleme festzustellen.

Wenn die aktuelle Lebensorganisation stressig und unbefriedigend ist, leidet auch die Kommunikation. Das Paar versucht zwar, konkrete Veränderungen im Alltag zu erreichen, scheitert aber, weil sich das Gespräch darüber in Kürze in einen Streit verwandelt. So können keine konstruktiven Lösungen gefunden werden. Zusätzlich wird das aktuelle Problem durch frühere unbereinigte Konflikte überschattet bzw. verstärkt, welche das Paar vielleicht nicht lösen konnte, weil dabei unverarbeitete Verletzungen aus der Kindheit von beiden mitspielten.

Natürlich ist es schwierig, in einer Konfliktsituation all diese Aspekte gleichzeitig zu verstehen. Entscheidend ist, dass Sie sich der Wechselwirkungen bewusst sind. Dieses zirkuläre Problem- und Lösungsverständnis setzt die Bereitschaft voraus, lineare Betrachtungsweisen, Schwarz-Weiss-Denken und eindimensionale Erklärungsansätze zu hinterfragen. Denn diese werden der Komplexität menschlicher Beziehungen nicht gerecht.

Einseitig und linear gesehen sieht das Problem bei Silvan und Nadja so aus: Nadja ist frustriert, weil sie oft mit den Kindern allein ist und sich von Silvan zu wenig unterstützt fühlt. Oder: Silvan hat zu wenig Verständnis für seine Frau.

Bei einer zirkulären Betrachtungsweise muss jeder sich selbst fragen: Wie verhalte ich mich, dass ich von meinem Partner nicht das bekomme, was ich brauche? Und weshalb? Habe ich vielleicht mit einem inneren Verbot zu kämpfen, welches mir nicht erlaubt, offen zu meinen Wünschen zu stehen? Übernehme ich überhaupt selbst die Verantwortung für meine Unzufriedenheit oder beschuldige ich den Partner? Und wie könnte ich ihn/sie dafür gewinnen, mehr auf meine Bedürfnisse einzugehen?

Silvan und Nadja

Silvan ist 41-, Nadja 40-jährig, sie sind seit 14 Jahren ein Paar. Sie haben zwei Töchter, zehn und acht Jahre alt, sowie einen 4-jährigen Sohn. Silvan arbeitet 100%, Nadja hat eine 30%-Stelle.

Was ist bei diesem Paar in Schieflage geraten?

Dies zeigt sich am besten bei einem konkreten Anlass: Wenn Silvan abends von der Arbeit nach Hause kommt, ärgert er sich oft über die Unordnung im Haus.

Silvan: *Salü Schatz, hallo Kinder!*

Nadja: *Ciao, wie geht es?*

Silvan: *Na ja, war ein strenger Tag. Aber hallo, hat hier eigentlich eine Bombe eingeschlagen? Hättest du nicht wenigstens etwas aufräumen können, bevor ich heimkomme?*

Nadja: *Also, jetzt hör mal: Heute Morgen habe ich gearbeitet. Am Nachmittag hatte ich Wäsche. Und dann erwartest du, dass abends ein warmes Essen auf dem Tisch steht! Du weisst genau, dass ich fürs Kochen Zeit brauche, weil der Kleine mir dabei helfen will oder mich sonst stört. Du kannst dir anscheinend nicht vorstellen, wie mein Tag aussieht und wie gestresst ich manchmal bin!*

Silvan: *Du hättest ja den Mädchen sagen können, dass sie dir helfen sollen. Da bist du einfach zu wenig konsequent. Dir scheint es egal zu sein, dass mich dieses Chaos stört! Dabei komme ich müde nach Hause und würde mich einfach gerne etwas erholen.*

Nadja: *Und wann kann ich mich erholen? Das interessiert dich gar nicht, dir geht es nur um dich. Dabei gebe ich mir wirklich Mühe, alles unter einen Hut zu bringen. Aber was ich auch tue, irgendetwas passt dir immer nicht. Ich kann es dir nie recht machen. Das habe ich wirklich satt!*

Silvan: *Nein, es ist genau umgekehrt. Du versuchst gar nicht erst, mich und meine Bedürfnisse zu verstehen. Du findest immer einen Grund, weshalb ich im Unrecht bin!*

Nadja: *Weisst du was? Dann komm doch am besten noch später nach Hause, dann kann ich für mich und die Kinder etwas Einfaches kochen. Ausserdem haben wir dann unsere Ruhe.*

Silvan: *Ja, wenn das so ist, kann ich ja gleich wieder gehen!*

Dieses Streitgespräch zeichnet sich zum einen durch vorwiegend negative Kommunikation aus. Jeder spricht über den anderen, und beide fühlen sich nicht in den Partner ein. Jeder beschuldigt den andern: Nur wegen dir gibt es ein Problem! Sie geben sich gegenseitig keine Wertschätzung, niemand fühlt sich verstanden. Eigentlich freuten sie sich auf den gemeinsamen Feierabend, und dann wurde alles so schwierig, kaum waren sie zusammen!

Zum andern wurden in dieser Auseinandersetzung auch zentrale Lebensthemen von Silvan und Nadja berührt. Gerade in einer Konfliktsituation werden unbewusst oft alte Beziehungsmuster reaktiviert und unverarbeitete Kindheitsgefühle wieder erlebt.

Dies ist für die Betroffenen umso enttäuschender, weil beide davon ausgehen, dass der andere ihnen dabei hilft, negative frühere Erfahrungen und Gefühle zu überwinden. Doch durch den aktuellen Konflikt wird gerade das alte Beziehungsmuster wieder bestätigt.

Bei der Partnerwahl erkennen wir – wie bereits erwähnt – intuitiv, welcher Mensch zu uns ‹passt›: Seine zentralen Lebensthemen sind unseren eigenen ähnlich. So wiederholen wir ungelöste Konflikte in der Liebesbeziehung, obwohl wir uns nichts sehnlicher wünschen, als vom andern echt gesehen und verstanden zu werden.

Wir können jedoch lernen, die damit verbundenen Glaubenssätze zu hinterfragen. Erst dann wird es möglich, einander im Hier und Jetzt offen zu begegnen und neue Erfahrungen zu machen.

Es ist also hilfreich, zu verstehen, wie diese Glaubenssätze unser bisheriges Leben beeinflussten:

Alle Eltern haben gewisse Erwartungen an ihre Kinder und hoffen, dass sie glücklich und verantwortungsbewusst werden. Schwierig wird es, wenn die elterlichen Wünsche – auch wenn sie nicht immer ausgesprochen, sondern oft ‹nur› nonverbal vermittelt werden – im Vordergrund stehen. Dann wird die Individualität des Kindes zu wenig beachtet. Es wird geliebt für das, was es tut, und nicht für das, was es ist.

Je nach Person und Familiensystem bekommt dieses zentrale Lebensthema nun seine individuelle Färbung.

Auch Silvan und Nadja haben ein ähnliches Lebensthema: Sie spürten, dass Ihre Eltern besonders zufrieden mit ihnen waren, wenn sie deren Erwartungen erfüllten. Die damit verbundenen Erfahrungen waren zwar verschieden, haben sich aber als individuelle Glaubenssätze eingeprägt:

Silvan erlebte, dass er durch Leistung und Anpassung den elterlichen Erwartungen entsprach. Das brachte ihm Bestätigung und Wertschätzung ein. Die angepasste Haltung erwartet er heute von sich selbst, aber auch von seiner Partnerin. Sein Glaubenssatz (seine unbewusste Selbsteinschätzung aus der Kindheit) heisst: *Ich werde geliebt, wenn ich mich anpasse und viel leiste.*

Nadja hingegen erlebte, dass sie ihrem Vater nichts recht machen konnte. So sehr sie sich auch bemühte, sie bekam nur wenig Wertschätzung von ihm. Ihr Glaubenssatz: *Ich werde nicht bedingungslos geliebt, und was ich gut mache, wird zu wenig wahrgenommen.*

Obwohl Silvan und Nadja in recht unterschiedlichen Familien aufwuchsen, befürchten doch beide in der Tiefe ihrer Seele, den wichtigsten Personen in ihrem Leben nicht genügen zu können. Sie haben die unausgesprochenen Erwartungen ihrer Eltern verinnerlicht und richten diese nun an sich selbst und an den Partner: Ich liebe mich und dich nicht für das, was wir *sind,* sondern für das, was wir *tun.* Was bleibt, ist eine tiefe Verunsicherung: *Werde ich vom anderen als die Person, die ich bin, angenommen und geliebt?* Und: *Kann ich mich selbst lieben?*

Silvan ist ein Einzelkind. Die Eltern wünschten sich ein weiteres Kind; seine Mutter hatte jedoch zwei Fehlgeburten und wurde danach nicht mehr schwanger. Die elterlichen Erwartungen waren ganz auf ihn gerichtet. Er war also ein angepasstes und pflichtbewusstes Kind, an dem die Eltern viel Freude hatten. Doch unbewusst setzte sich die Überzeugung fest: *Ich allein genüge meinen Eltern nicht. Also muss ich ihre Enttäuschung, dass sie nur mich haben, wieder gutmachen, indem ich ihnen keinen Grund zur Klage gebe. So werde ich anerkannt und geliebt.*

Nadja ist das jüngste von drei Kindern. Ihr Vater war Lehrer und verwickelte die älteren Geschwister bei Tisch oft in intellektuelle Diskussionen, die sie aber oft nicht verstand, und sich deshalb daran auch nicht beteiligen konnte. Sie hatte eine enge Beziehung zur Mutter, aber von den übrigen Familienmitgliedern fühlte sie sich nie ganz ernst genommen. Sie trägt bis heute dieses alte Gefühl in sich: *Ich bin nicht so wichtig wie die anderen und ich bin zu wenig gescheit.* Ihre Mutter gab ihr zwar Halt und das Gefühl, für sie wichtig zu sein. Sie übernahm von ihr aber auch die Befürchtung, dem Vater/dem Ehemann nicht genügen zu können. Als Folge davon ergab sich die Tendenz, Männer zu entwerten, um die eigenen Unwertgefühle nicht spüren zu müssen.

Zu Beginn der Beziehung verliebte sich Silvan in die Lebendigkeit und Spontaneität von Nadja. Nun stresst ihn aber gerade diese Charaktereigenschaft seiner Frau im Alltag, er erlebt sie als chaotisch. Doch durch das vermeintliche Ungenügen seiner Frau kann er sich als der Bessere fühlen. Dies gibt ihm innere Sicherheit und die Überzeugung, wichtig zu sein. In diesem Sinne braucht er das ‹Versagen› seiner Frau und zieht einen Gewinn aus ihrem Verhalten.

Nadja gefielen Silvans Leistungswille und seine klaren Ziele, welche er auch aktiv verfolgte. Sie konnte mit ihm sehr gut diskutieren und fühlte sich von ihm ernst genommen. Nun wird sie durch ihn mit einem zentralen Lebensthema konfrontiert: Mit seinem leistungsorientierten und kontrollierten Verhalten weckt er in ihr das alte Gefühl, nichts recht machen zu können. Doch auch sie benutzt Silvan, indem sie ihn für den gemeinsamen Konflikt verantwortlich macht, anstatt darauf zu achten, wie sie sich immer wieder auch selbst in die alte Rolle manövriert. Das Paar steckt in einer Polarisierung fest: Je mehr er alles richtig machen muss, desto weniger kann sie ihm genügen; je weniger Verlass auf sie ist, desto mehr muss er seine kontrollierende Seite betonen. Dies wirkt sich auf das Zusammenleben im Alltag immer belastender aus.

In jedem schwierigen Beziehungsmuster steckt auch eine Herausforderung zur gemeinsamen Entwicklung, denn beide halten dem anderen unbewusst einen Spiegel vor: Silvan hat die Chance zu spüren, wie er durch Überanpassung seine Lebensfreude zu kurz kommen lässt. Wenn er seine rigide Selbstkontrolle etwas lockert, merkt er, dass er auch dann ein liebenswerter Mensch ist, wenn er nicht alles perfekt macht. Damit kann er seinen bisherigen Glaubenssatz verändern und sich von einem inneren Druck befreien. Indem er Zugang zu seiner eigenen Spontaneität findet, wird er auch die Lebendigkeit von Nadja wieder mehr zu schätzen wissen.

Nadja wird durch ihren Mann mit ihrem alten Glaubenssatz *Ich kann nie genügen* konfrontiert. Dieses Gefühl belastet sie jedoch nur, solange sie sich mit unangemessenen Wertmassstäben identifiziert. Als Kind konnte sie die (unausgesprochenen) Ansprüche der Eltern nicht hinterfragen. Sie lernte daher, zu viel von sich selbst zu verlangen, so wie es bereits die Eltern taten. Doch heute kann sie dies verändern. Wenn sie sich von übertriebenen eigenen und fremden Forderungen abgrenzt, übernimmt sie mehr Verantwortung für sich selbst. Wenn sie die Zuverlässigkeit und den Ordnungssinn von Silvan nicht mehr mit eigenem Ungenügen verbindet, kann sie seine Stärken wieder besser wertschätzen.

Dysfunktionale Kommunikation

Damit ist eine gestörte Verständigung auf verbaler und nonverbaler Ebene zwischen den Partnern gemeint. Wie Sie miteinander kommunizieren, wird durch die anderen Bereiche der Beziehungsdynamik stark beeinflusst. Wenn Ihr Alltag stressig ist, wenn Altlasten aus der Beziehung und/oder der Herkunftsfamilie die offene Begegnung mit dem Partner beeinträchtigen, zeigt sich dies oft zuerst in der Art, wie Sie miteinander reden und was Ihre Tonlage, Gestik und Mimik dabei ausdrücken.

Der Übergang von negativer Kommunikation zu Streit ist fliessend. Was als Streit beurteilt wird, ist immer subjektiv. Während Nadja vielleicht nur etwas klären möchte und sagt: «Jetzt kommst du schon wieder zu spät nach Hause, ohne vorher anzurufen, das nervt mich!», erwidert Silvan: «Musst du gleich wieder mit mir streiten?»

Dies ist keine gute Ausgangslage, um einen Konflikt zu lösen. Die Aussage von Silvan weist darauf hin, dass er sich angegriffen fühlt und daher kaum dazu bereit ist herauszufinden, wie sie beide gemeinsam die schlechte Stimmung verursachen.

Es entsteht die bereits beschriebene Eigendynamik: Das Paar dreht sich in einer Spirale wechselseitig nach unten, bis der Streit zu hasserfüllten Beschuldigungen eskaliert oder sich beide frustriert, wütend und enttäuscht voneinander zurückziehen.

Um diesen Teufelskreis gleich zu Beginn zu stoppen, könnte Nadja zurückfragen: «Wodurch fühlst du dich angegriffen?» Silvan: «Ich verstehe, dass du dich nervst und das mit mir klären willst. Ich möchte aber, dass du mich zuerst fragst, was mich aufgehalten hat. Sonst fühle ich mich von dir sofort beschuldigt und reagiere deshalb gereizt.» Dies wäre eine mögliche Basis, um den Konflikt – von Anfang an – konstruktiv zu besprechen.

Es gibt viele Merkmale, durch welche sich die Kommunikation von unzufriedenen Paaren auszeichnet:

Kritik, Sarkasmus, Uneinigkeit, negative nonverbale Gestik und Mimik.

Mangel an Zustimmung, Lob, Verständnis, Aufmerksamkeit und Interesse.

Seltene Versöhnungsversuche in Konflikten und wenig Humor.

Schimpfen und beschuldigen, drohen und Druck ausüben, den Partner erniedrigen, entwerten, kontrollieren oder ihn mit verwirrenden Doppelbotschaften ‹schachmatt› setzen.

Die folgenden problematischen Beziehungs- und Kommunikationsmuster lassen sich im Alltag nicht immer klar voneinander abgrenzen. Oft werden verschiedene zu einer Art Dynamit-Cocktail vermischt, welcher ziemliche Sprengkraft besitzt. Jedes unzufriedene Paar hat seine individuelle Mischung. Es ist also wichtig zu erkennen, wo die eigenen Schwachpunkte liegen, und besonders auf diese zu achten, wenn Sie einen liebevolleren – und auch sinnvolleren – Umgang miteinander erreichen wollen.

Beschuldigen

Wer seinen Partner beschuldigt, schiebt ihm die alleinige Schuld für den Konflikt in die Schuhe. Man kritisiert den Partner und ist der Überzeugung, dass er sich unabhängig vom eigenen Dazutun ‹daneben› benehme. Und man interpretiert sein Verhalten als gegen sich gerichtet. Damit bringt man ihn in die Defensive, sodass er sich gezwungen fühlt, mit gleicher Waffe zurückzuschlagen.

Der beschuldigte Partner kann so gar nicht auf das Anliegen des andern eingehen, sondern ist hauptsächlich damit beschäftigt, die Kritik zurückzugeben oder sich zu rechtfertigen. Auch sein Ziel ist es, sich selbst und dem anderen zu beweisen, dass er nichts mit dem Problem zu tun hat: *Ich habe nichts falsch gemacht!* So übernehmen beide keine Verantwortung für ihr Zusammenspiel.

Das gleiche Ziel wird mit Gegenvorwürfen anstelle von Rechtfertigungen verfolgt. Auch damit geht man in keiner Weise auf den anderen ein. Wahrscheinlich wird dieser dann seinerseits wieder einen neuen Vorwurf an einer verletzbaren Stelle platzieren. So liefert sich das Paar ein Anklage-Gegenanklage-Ping-Pong, bei welchem sich beide unverstanden und nicht ernst genommen fühlen. Beide sind frustriert und der aktuelle Konflikt verschärft sich.

Hinter den gegenseitigen Beschuldigungen verbergen sich bei beiden eigene Schuldgefühle, die nicht wahrgenommen und somit auf den Partner projiziert werden. Denn was man bei sich selbst nicht sehen und spüren will, muss man beim anderen bekämpfen. Solche Schuldgefühle sind oft grundlegender Art und haben mit dem aktuellen Konflikt nur insofern etwas zu tun, als beide versuchen, die Schuld beim anderen festzumachen. Je drängender das Bedürfnis, jegliche Schuld von sich zu weisen, desto belastender wird das aus der eigenen Vergangenheit mitgebrachte Schuldgefühl sein.

Auch Silvan und Nadja haben in ihrem Rucksack alte Schuldgefühle in die Beziehung mitgebracht. Beide kommen in aktuellen Konflikten immer wieder mit dem Gefühl in Berührung, dem andern nicht genügen zu können. Dieses vermeintliche Ungenügen spürten sie bereits als Kinder. Dies löste unbewusste Schuldgefühle aus, denn damals konnten sie sich nicht von den Erwartungen der Eltern abgrenzen. Diese Schuldgefühle können sie auflösen, wenn sie die Gefühle des Ungenügens zurückweisen und den Anspruch, alles richtig machen zu müssen, als unrealistisch enttarnen. Dann müssen sie auch dem Partner nicht mehr die Schuld zuschieben. Denn diese Schuldgefühle gehören in die eigene Geschichte und nicht in die Paarbeziehung.

Einen aktuellen Konflikt können wir also nicht durch Schuldverteilung lösen, sondern indem wir spüren, wie wir uns als Paar gegenseitig beeinflussen.

«So ist das Sein des einen mit dem Sein des anderen untrennbar verknüpft. Die Revolution im Alltagsleben bedeutet, dass es keine Schuldzuweisung mehr gibt: weder an den Partner noch an sich selbst. Schuldgefühlen und Vorwürfen ist endgültig der Boden unter den Füssen weggezogen, weil ich am Erleben und Verhalten des Partners ebenso mitwirke wie er selbst. Mein Handeln, Entscheiden, Fühlen und Träumen ist unmittelbar mit dem anderen verwoben.» (M. L. Moeller)

Um diese Haltung tatsächlich leben zu können, braucht es jedoch viel Selbsterkenntnis, persönliche Reife und Übung. Sie soll uns als Zielvorgabe dienen.

Nörgeln, Jammern

Auch mit Nörgeln und Jammern beschuldigt man den Partner: *Wegen dir geht es mir nicht gut! Wenn du nur anders – zuverlässiger, liebevoller, offener, aktiver usw. – wärst, dann wäre alles besser.* Dem anderen wird auch hier die alleinige Verantwortung für eine unbefriedigende Situation zugeschoben. So kann keine Veränderung erreicht werden. Ausser dem Ärger oder dem emotionalen Rückzug des Partners gewinnt man dabei gar nichts.

Diese Form sei speziell erwähnt, weil wir im Alltagskonflikt den Partner selten mit seiner beschuldigenden Haltung konfrontieren, jedoch oft von Nörgeln, Jammern oder Kritisieren reden. Wenn ein Mann sagt: «Meine Frau nörgelt ständig an mir herum!» spürt er zwar, dass sie ihn beschuldigt, und ärgert sich darüber. Er nimmt sich aber nicht die Mühe zu erfahren, welche berechtigten Gründe sie für ihre Unzufriedenheit hat, sondern lässt sie ins Leere laufen und heizt ihren Ärger umso mehr an. Aber auch die nörgelnde und jammernde Frau nimmt sich nicht ernst. Sie tut sich selbst Leid und will nur loswerden, was ihr am Partner nicht passt. Dabei überlegt sie nicht, wie sie die Situation von sich aus aktiv angehen und ihren Mann für eine konstruktive Veränderung gewinnen könnte.

Sie sollten also eine unzufriedene Person nicht durch Ihr Desinteresse kaltstellen. Damit laden Sie sie geradezu ein, weiterzunörgeln. Sie sind dann beide in einem Muster gefangen, wo Sie sich gegenseitig kritisieren, aber nichts verändern können. Diese Art der Verständigung ist nichts anderes als Kritik, gepaart mit einer gehörigen Portion Selbstmitleid. Wir alle kritisieren unseren Partner hin und wieder so, dass er sich nicht verstanden und nicht ernst genommen fühlt. Dies ist immer dann der Fall, wenn wir die Fehler nur beim anderen und nicht auch bei uns selbst sehen.

Klar gibt es berechtigte Gründe für Kritik, und es ist wichtig, den Partner und sich selbst damit zu konfrontieren. Eine positive Veränderung ist jedoch nur dann möglich, wenn die Kritik wohlwollend und nicht nörgelnd und jammernd geäussert wird. Und vor allem, wenn beide Partner Verantwortung für ihren Beitrag am Konflikt übernehmen und sich fragen: *Womit gab ich ihm Anlass, mich zu kritisieren? Wie habe ich ihn verärgert oder seine Bedürfnisse nicht ernst genommen?* Wenn Sie einander so entgegenkommen, sind gegenseitige Beschuldigungen gar nicht mehr nötig.

Es gibt auch Leute, die auf vorwiegend selbstbeschuldigende Art jammern. Sie suchen die Schuld an allem bei sich selbst. Damit wird das kindliche Schuldgefühl zwar nicht auf den andern projiziert, aber ohne zu hinterfragen auf das heutige Erwachsenenleben übertragen. Dies ist genauso fatal, denn die Verantwortung für das aktuelle Handeln wird gerade dadurch abgewehrt, dass man die ganze Schuld auf sich nimmt: «Es liegt ja sowieso nur an mir. Es war schon immer so, auch meine Eltern waren nie mit mir zufrieden! Es ist ja kein Wunder, dass ich schon wieder alles falsch mache!» Damit beschuldigt man zwar nicht den Partner, macht aber die Vergangenheit für sein heutiges Verhalten verantwortlich. So lässt sich die aktuelle Unzufriedenheit mit sich selbst und dem anderen nicht verbessern.

Es geht übrigens auch nicht darum, sich selbst und seine früheren Erfahrungen besser verstehen zu wollen, um die Eltern zu beschuldigen oder in Selbstmitleid zu versinken. Ziel ist vielmehr, emotionale Blockierungen aufzulösen und das Leben im Hier und Jetzt bewusst, selbstverantwortlich und beziehungsvoll gestalten zu lernen.

Entwerten

Diese Art von negativer Kommunikation zeichnet sich durch mangelnden Respekt und fehlende Achtung gegenüber dem Partner aus. Es werden zynische oder sarkastische Bemerkungen gemacht: «Kein Wunder, dass du wieder nicht aufgeräumt hast, du bist ja immer gleich überfordert!»

Man lacht den anderen mit seinem Anliegen aus oder man beleidigt ihn direkt, indem man ihn als unfähig hinstellt oder ihn beschimpft.

Durch das Verdrehen der Augen zeigt man seine mangelnde Wertschätzung auf nonverbale Weise: «Dich kann ich wirklich nicht ernst nehmen, so daneben wie du dich wieder benimmst!»

Durch Entwertung spricht man dem Partner seinen Wert ab. Geschieht dies regelmässig, verliert der andere jegliches Selbstvertrauen, der Boden wird ihm gleichsam unter den Füssen weggezogen.

Der Betroffene fühlt sich zu Recht verletzt und in seiner Würde missachtet. Das Vertrauen, dass der andere es grundsätzlich gut mit einem meint, wird zerstört.

Auch mit diesem Verhalten schiebt man ein eigenes schmerzhaftes Grundgefühl dem anderen zu. Denn der entwertende Partner fühlt sich meist selbst im tiefsten Inneren wertlos. Bei Silvan könnte das so aussehen: *Wenn Nadja nicht extra wegen mir aufräumt, fühle ich mich unwichtig und nicht wertgeschätzt. Deshalb entwerte ich sie, indem ich sie als unfähig hinstelle.* Damit erreicht er jedoch nur, was er vermeiden möchte, dass nämlich Nadja seinen Wunsch nach Ordnung nicht ernst nehmen und ihm keinen Wert geben kann.

Es gilt auch hier, die Dynamik des wechselseitigen Zusammenspiels zu beachten.

Wenn der Partner Sie entwertet, sollten Sie nicht zurückschlagen, sondern ihm mitteilen, wie sein Verhalten bei Ihnen ankommt: «Wenn du mich so behandelst, verletzt mich das und macht mich wütend. Ich möchte, dass du damit aufhörst! Aber ich möchte verstehen, womit ich dir das Gefühl gegeben habe, wertlos zu sein, sodass du nun mich entwerten musst.»

Falls eine Klärung nicht möglich ist, wird es schwierig, sich nach einem Streit wieder zu versöhnen, denn solche Beleidigungen lassen sich nicht einfach wegstecken.

Wenn Entwertungen an der Tagesordnung sind, hat die Liebe auf Dauer keine Überlebenschance.

Beherrschen

Hier geht es vor allem darum, seine eigenen Bedürfnisse in der Beziehung durchzusetzen. Man lässt den Partner nicht ausreden, spricht über ihn anstatt über sich und benutzt Verallgemeinerungen. Oft werden auch böse Absichten unterstellt: «Du hast schon wieder die alten Zeitungen liegen lassen. Ich habe dir doch gesagt, dass du sie rausstellen sollst! Mach das jetzt sofort! Du erledigst es wohl nur deshalb nicht, damit du mich ärgern kannst!»

Hier fehlt jegliche Einfühlung in den Partner: Man versucht nicht, die Gründe für sein Verhalten zu verstehen, sondern fühlt sich im Recht, ihn anzugreifen. Was er tut oder sagt, wertet man als persönlichen Angriff. Der andere wird vielleicht auch mit Drohungen in die Enge getrieben: «Wenn du nochmals so spät nach Hause kommst, kannst du gleich ausziehen!», oder es wird ein unmögliches Ultimatum gestellt: «Entweder dein Hobby oder ich!»

Ungelöste Konflikte summieren sich und führen zu Enttäuschung, Wut und schliesslich zur Resignation. Wenn einer sich gegen den anderen durchsetzt und ihn damit enttäuscht, muss er die Unzufriedenheit des Unterlegenen täglich mit auslöffeln. Er muss auch damit rechnen, dass der Partner ihm diese Missachtung in einem anderen Zusammenhang wieder heimzahlen wird. Wenn es in einer Liebesbeziehung darum geht, zu gewinnen oder zu verlieren, kann es nur Verlierer geben.

Das beherrschende Beziehungsmuster bewegt sich zwischen den Polen Macht und Ohnmacht und kann sehr destruktiv werden. Wenn jeder versucht, sich gegen den anderen durchzusetzen, kann es nicht beide, sondern immer nur einen geben. Dies führt zu lauten Streitigkeiten, Drohungen und Beschimpfungen bis zu körperlicher Gewalt. Derjenige, der den anderen zu beherrschen versucht, erwartet, dass der Partner das tut, was er als das Beste für beide betrachtet. Der Partner wird nicht als eigene Person mit eigenen Bedürfnissen wahrgenommen.

Eine Variante davon ist, dass einer sich durchsetzt, während der andere sich vorerst scheinbar anpasst, insgeheim jedoch die Position der Gegenbeherrschung übernimmt. Damit vermeidet er zwar momentan den Machtkampf, lässt den Partner aber letztlich ins Leere laufen, indem er mit Sicherheit nicht das tut, was der andere von ihm erwartet. Dieser wird zur Weissglut getrieben, weil er mit seinen Wünschen überhaupt nicht ankommt. Schliesslich fühlen sich beide hilflos und ohnmächtig.

Eine dritte Möglichkeit, mit Beherrschung umzugehen: Einer passt sich mehr oder weniger freiwillig an. Bei unseren Eltern oder Grosseltern waren solche Beziehungsmuster als private Ausdrucksform der patriarchalischen Gesellschaft noch eher anzutreffen. Meistens passte sich die Frau den Wünschen ihres Mannes an. Sie liess eigene Bedürfnisse zu kurz kommen und konnte ihm so auch kein gleichwertiges Gegenüber sein. Heute kann ein Paar damit nicht mehr glücklich werden, denn wir wissen, dass Selbstaufgabe keine Basis für eine gute Beziehung ist. Sie hat immer einen hohen Preis, den beide Partner bezahlen müssen. Die Frau macht sich damit zum Opfer und wird sich früher oder später an ihrem Mann rächen, indem sie sich zum Beispiel sexuell verweigert.

Rückzug

Wer den Partner nicht beschuldigen oder beherrschen will, wählt in einer Konfliktsituation vielleicht den Rückzug. Dies ist jedoch auch ein Vorgehen, das zu keiner Lösung führt, denn dem anderen wird nonverbal signalisiert: «Ich finde dich so mühsam, dass ich nichts mehr mit dir zu tun haben will!» Der Kontakt wird verweigert, und dies lässt sich als passive Aggression bezeichnen.

Rückzug und passive Aggression sind eine Kommunikationsform, die eher ruhige und zurückhaltende Menschen wählen. Sie fühlen sich durch Konflikte bedroht und möchten ihnen am liebsten aus dem Weg gehen. Auch wenn es scheint, dass oft Männer dieses Mittel wählen, leidet die Frau zwar unter seinem räumlichen und/ oder emotionalen Rückzug, zieht aber daraus auch einen Gewinn. Sie kann die Verantwortung auf ihn abschieben und ihm die Schuld geben: «Wegen dir können wir keinen Konflikt lösen!» Doch auch er beschuldigt sie nonverbal: «Es bringt eh nichts, mit dir zu reden, da bin ich lieber für mich allein.»

Rückzug hat verschiedene Gesichter: Entweder man läuft mitten in einer Auseinandersetzung davon oder man ist zwar körperlich anwesend, aber nicht mehr ansprechbar. Man ignoriert die Partnerin, indem man sich hinter der Zeitung oder dem Fernseher versteckt. Besonders hartnäckige Partner ziehen sich nicht nur für einen Abend vom anderen zurück, sondern verweigern während Tagen jedes Gespräch mit ihm. Dies ist ein Beziehungsabbruch, der dem anderen in die Schuhe geschoben wird: «Du hast mich verletzt, also bestrafe ich dich mit Nichtbeachtung und Liebesentzug.»

Mit diesem Verhalten wird jedoch selten erreicht, dass man in Ruhe gelassen wird, und schon gar kein Konflikt gelöst. Im Gegenteil: Im Zusammenspiel mit einem abblockenden und sich isolierenden Partner übernimmt die Frau oft die fordernde Rolle. Damit entsteht eine zermürbende Polarisierung: Je mehr sie auf eine Aussprache drängt, desto mehr zieht er sich ins Schneckenhaus zurück, und umgekehrt: Je mehr er sie ‹ins Leere laufen› lässt, desto unbändiger werden ihr Ärger und ihre Verzweiflung. Es kommt vor, dass eine Frau sich durch den Rückzug ihres Partners so ohnmächtig ausgeliefert fühlt, dass sie fast durchdreht. So holt sie ihn schliesslich doch noch aus der Reserve; dabei wird aber – manchmal auch im wörtlichen Sinn – (zu) viel Geschirr zerschlagen.

Es kann auch sein, dass beide Partner den Rückzug wählen, weil sie resigniert sind und/oder nie gelernt haben, einen Konflikt miteinander zu lösen. Wenn jedes kritische Wort des Partners als persönlicher Angriff erlebt wird, gehen sie gar nicht mehr das Risiko einer offenen Auseinandersetzung ein. Beide sind eigentlich sehr verletzt, aber sie zeigen einander ihre Gefühle nicht. Natürlich gibt es trotzdem Konflikte, doch sie werden systematisch unter den Teppich gekehrt. Diese Entwicklung wird gefördert, wenn ein Paar um jeden Preis harmonisch zusammenleben will. Solche Paare leben mit der unausgesprochenen Überzeugung: ***In unserer Beziehung darf es keine Konflikte geben.*** Diese Schein-Harmonie wird jedoch zu einem hohen Preis erkauft, denn die emotionale Entfremdung wird unausweichlich und die Beziehung spannungsarm und langweilig. Es ist nicht verwunderlich, dass sich dieses Beziehungsmuster auch negativ auf die Sexualität auswirkt und die Lustlosigkeit fördert.

Rückzug ist nur dann sinnvoll, wenn er klar kommuniziert wird. Wenn eine Auseinandersetzung zu eskalieren droht und Sie sich in die Enge getrieben fühlen, ist es eine gesunde Reaktion, auf Distanz zu gehen. «Hör mal, so geht es nicht. Auf diese Art kannst du mich wirklich nicht für ein Gespräch gewinnen. Ich will jetzt mal eine Stunde allein sein. Nachher können wir dieses Problem hoffentlich ruhiger angehen.»

Zusammenfassend gilt Folgendes: Beschuldigen, Nörgeln, Entwerten, Beherrschen und Rückzug hinterlassen bei beiden Partnern offene Wunden in Form von Wut, Verzweiflung und Hoffnungslosigkeit. Je öfter ein Paar sich so begegnet, desto eher ist das Scheitern der Beziehung vorprogrammiert.

Hier noch ein kurzer Ausschnitt eines Gesprächs zwischen Victor und Donna aus einem Roman von Joy Fielding. Ein gutes Beispiel destruktiver Alltagskommunikation.

Victor und Donna erwarten Gäste.
Er: *«Oh, du hast das Hühnchen gemacht, wie?»*
Sie: *«Ja, stimmt irgendwas nicht?»*
Er: *«Nein, so weit alles in Ordnung. Allerdings sagte ich dir ja wohl, ich hätts gern gegrillt.»*

Sie: *«Nein, das hast du nicht gesagt.»*
Er: *«Oh doch, da bin ich sicher. Na, wenigstens ist es Huhn.»*
Sie: *«Mein Hühnchen mit Cumberland Sauce wird dir schmecken!»*
Er: *«Sicher, sicher. Nur dass es mir so richtig gegrillt eben besser schmeckt. Gerät sonst oft ein bisschen trocken, weiter nichts.»*
Sie: *«Seit wann? Das hast du noch nie gesagt.»*
Er: *«Habe ich schon immer gesagt. Aber du hörst mir ja nicht zu. Was gibts denn sonst noch?»*
Sie: *«Kartoffeln und grüne Bohnen.»*
Er: *«Schon wieder?»*
Und so weiter ...

Manchmal fordert ein Partner nach einem Streit eine Entschuldigung vom anderen. Versöhnung ist wichtig, um der Liebe wieder Raum geben zu können. Doch falsche Versöhnlichkeit ist nicht angebracht. Eine erzwungene Entschuldigung kann bei beiden keine Heilung bewirken. Denn der fordernde Partner schiebt damit alle Schuld auf den andern: «Du hast einen Fehler gemacht, also musst du dich bei mir entschuldigen!»

Echte Versöhnung ist nur dann möglich, wenn beide im Nachhinein die Verantwortung für ihren Beitrag an der schwierigen Situation übernehmen.

Wenn Sie also merken, dass sich eine Auseinandersetzung mit dem Partner in eine destruktive Richtung bewegt, unterbrechen Sie das Gespräch, um eine Eskalation zu vermeiden. Konstruktive Lösungen können Sie in diesem erregten Gefühlszustand sowieso nicht mehr erreichen. Aber gehen Sie nicht einfach weg, sondern sagen Sie deutlich, dass sie einen Unterbruch wollen: «Komm, lass uns aufhören, das bringt momentan nichts mehr. Ich schlage vor, wir beruhigen uns erst mal beide und nehmen das Gespräch heute Abend wieder auf. Ist das o.k.?»

Silvan und Nadja schafften es, ihren Streit nach einer kurzen Phase gegenseitiger Distanz so zu beenden:

Silvan: «*Der Streit vorhin hat mich ziemlich fertig gemacht. Mir ist nun aber klar geworden, dass es falsch war, dich sofort zu kritisieren. Das tut mir Leid. So kannst du dich ja wirklich nicht auf mich freuen. Ich verstehe auch, dass du viel zu tun hast und deshalb nicht immer erledigen kannst, was gerade ansteht. Grundsätzlich finde ich es toll, was du alles unter einen Hut bringst! Aber die Unordnung stört mich trotzdem. Das möchte ich nochmals in Ruhe mit dir besprechen; vielleicht finden wir ja eine Lösung, die für uns beide stimmt. Ich möchte dir aber auch sagen, dass es mich verletzt hat, als du mich angeschrien hast. Das mag ich gar nicht!*»

Nadja: «*Also gut, da ist mir wieder mal mein Temperament durchgegangen. Ich achte darauf, mich nicht unnötig angegriffen zu fühlen, wenn wir das Problem mit der Ordnung nochmals besprechen. Doch es ärgert mich wirklich, wenn du heimkommst und mich gleich kritisierst! Es tut gut, nun zu spüren, dass du dich in mich einfühlst. Und dass du meine Arbeit auch schätzen kannst, wenn ich manchmal nicht alles schaffe. Lass uns morgen nochmals reden, und überleg dir doch, wie du mich vielleicht unterstützen könntest.*»

Silvan: «*Okay, lass uns nun das Essen geniessen.*»

Aktuelle Lebensorganisation

Dieser Bereich wird in einer Paartherapie oft zuerst angesprochen, denn hier ist der Leidensdruck direkt spürbar. Das zeigt sich auch im Konflikt zwischen Silvan und Nadja: Er kritisiert die Unordnung im Haus und ihre – seiner Meinung nach – inkonsequente Erziehungshaltung. Nadja wiederum ärgert sich über ihren Mann, denn sie gibt sich wirklich Mühe, Kinderbetreuung, Haushalt und Beruf unter einen Hut zu bringen. Für ihn scheint es zuerst selbstverständlich zu sein, dass sie dieses grosse Arbeitspensum Tag für Tag bewältigt. Wenn er wenigstens sehen würde, was sie alles macht! Natürlich weiss sie, dass er in seinem Beruf viel leisten muss und auch lange Arbeitstage hat. Aber sie empfindet ihre Arbeitsteilung manchmal doch als etwas ungerecht. Er isst mittags im Restaurant und hat dort seine Ruhe. Sie kann jedoch kaum abschalten, immer will jemand etwas von ihr.

Das tägliche Zusammenleben kann auf drei verschiedenen Ebenen in ein Ungleichgewicht geraten und damit Gefühle von Unzufriedenheit und Ungerechtigkeit auslösen: Geben und Nehmen, Autonomie und Bindung, Durchsetzung und Anpassung.

Geben – Nehmen

Hier geht es auch um die Frage des Wertes: Wie viel Wert gebe ich dem Partner und der Beziehung? Was bin ich bereit, dafür zu geben?

Geben und Nehmen werden bewusst oder unbewusst laufend zwischen den Partnern ‹abgerechnet›. Dies mag etwas hart tönen, und einigen liegt nun vielleicht der Satz auf der Zunge: «Wenn man jemanden wirklich liebt, führt man doch kein seelisches Verrechnungskonto!» Mag sein, aber trotzdem sollte die innere Bilanz von Geben und Nehmen für beide Partner grundsätzlich aufgehen. Nur so kann die Beziehung auf Dauer gesund, stabil und lebendig bleiben. Dabei ist es nötig, offen zu sein für die unterschiedlichen Bedeutungen, die beide Partner einem Ereignis geben. Diese subjektiven Bedeutungen bestimmen, ob wir uns vom anderen beschenkt oder beraubt fühlen.

Im Laufe eines Lebens verändert sich die Polarität von Geben und Nehmen auf natürliche Weise: «Im Buch des Lebens steht die Kindheit unter dem Zeichen des Nehmens, das Aufziehen der eigenen Kinder dagegen unter dem Zeichen des Gebens. Es gehört zu den Aufgaben der Eltern, ihren Kindern zu geben, was diese für ihre Entwicklung brauchen ... Wer als Kind zu wenig bekommen hat, kann später auch zu wenig geben und zu wenig annehmen.» (Kreppold-Gröger)

Es kann tröstlich sein, sich dies vor Augen zu führen, wenn man ab und zu das Gefühl hat, von den Kindern weniger zurückzubekommen, als man ihnen gibt.

In einer gleichwertigen Paarbeziehung ist es ein Highlight, wenn sich die beiden Pole zeitweise auflösen. Dann geschehen Geben und Nehmen gleichzeitig, zum Beispiel bei einer innigen Umarmung. Wenn Geben und Nehmen eins werden, bekommen wir mehr, je mehr wir geben.

Wenn ein Paar jedoch in einer Krise steckt, haben oft beide das Gefühl, mehr geben zu müssen als zu bekommen.

Dies scheint auch ein wenig auf Nadja und Silvan zuzutreffen: Nadja fragt sich in letzter Zeit öfters, ob sie die schlechteren Karten gezogen hat, als sie mit ihrem Mann eine Familie gründete. Klar, sie hat sich die Kinder gewünscht, und die drei sind ja wirklich ihre grössten Schätze. Aber sie musste dafür auf eine eigene Karriere verzichten. Das schmerzt sie manchmal. Sie fragt sich, wo sie heute beruflich stehen würde, wenn sie darauf beharrt hätte, wie ihr Mann berufstätig zu bleiben und die Kinderbetreuung mit ihm zu teilen. Ihre jetzige Teilzeitarbeit bietet zwar einen willkommenen Ausgleich zur Familie und macht auch Spass, davon leben könnte sie jedoch nicht. Die finanzielle Abhängigkeit von ihrem Mann ist für sie nicht immer einfach zu ertragen.

Dann ist da auch noch das leidige Thema des gemeinsamen Soziallebens, dessen Pflege meistens an ihr hängen bleibt. Silvan kommt zwar gerne mit, wenn sie eine Einladung von Freunden erhalten, und freut sich meist auch über Gäste in ihrem Haus. Von sich aus würde er jedoch nichts dafür tun. Er pflegt hauptsächlich im Geschäft Kontakte mit Arbeitskollegen und Kunden. Wichtiger als weitere Sozialkontakte ist ihm, dass er es mit Nadja und den Kindern gut hat. Doch was tut er dafür?

Alles in allem ist Nadja der Meinung, dass ihre Beziehung vermutlich bereits am Alltagsstress zerbrochen wäre, wenn sie nicht immer wieder aktiv auf ihn zugehen würde.

Silvan ist sich bewusst, dass er Nadja während der Woche im Haushalt und mit den Kindern nicht gross unterstützen kann. Dafür nimmt er sich am Wochenende mehr Zeit. Oft geht er mit den Kindern Velo fahren oder ins Hallenbad, damit Nadja auch mal ausspannen oder in Ruhe einkaufen kann. Dafür könnte sie ihm schon danken und sich etwas Mühe geben mit der Ordnung im Haus. Noch wichtiger wäre ihm jedoch wieder etwas mehr Zärtlichkeit von ihrer Seite. Da ist sie mittlerweile sehr zurückhaltend geworden.

Silvans Job ist zwar interessant, aber manchmal überlegt er sich, ob er vielleicht irgendwann umsatteln und noch etwas ganz anderes tun könnte. Doch das kann er sich nicht leisten, denn die Familie ist auf seinen guten Verdienst angewiesen. Nadja kann also froh sein, dass er so gut funktioniert, obwohl ihm der Stress manchmal wirklich zusetzt!

Beide haben aus ihrer Sicht Recht mit dieser Beurteilung. Wichtig ist nun, nicht nur den eigenen Standpunkt, sondern auch denjenigen des Partners zu sehen.

Allerdings gibt es halt Zeiten, in denen ein Partner tatsächlich mehr geben muss als der andere. Sei es, dass er momentan eine grössere Arbeitsbelastung zu bewältigen hat oder dass ein Partner wegen einer Krankheit mehr Zuwendung und Hilfe benötigt. Dies ist normal und kein Zeichen für eine ungesunde Beziehung. Schwierig wird es jedoch, wenn ein Ungleichgewicht über Jahre bestehen bleibt.

Gehen Sie davon aus, dass beide Partner daran interessiert sind, auf Dauer eine ausgewogene Balance zwischen Geben und Nehmen zu erfahren. Wie wir Geben und Nehmen subjektiv beurteilen, hat jedoch viel mit der eigenen Persönlichkeit und den eigenen Wünschen zu tun.

Kennen Sie die kleine Geschichte vom Pferd und dem Hund? Sie lebten zusammen auf einem Bauernhof und mochten einander beide sehr. Immer, wenn das Pferd ausgeritten wurde, durfte der Hund mitrennen, was beiden Spass machte. Einmal bekam der Hund einen besonders grossen Knochen. Er rannte damit schnurstracks in den Stall und legte ihn seiner Freundin, dem Pferd, ins Heu. Obwohl das Geschenk des Hundes ein Zeichen seiner Zuneigung für das Pferd war, konnte dieses leider gar nichts damit anfangen.

Dieses Beispiel zeigt, dass das, was wir dem Partner geben wollen, nicht immer gut ankommt, wenn wir es nur von unserem eigenen Standpunkt aus betrachten. Erst wenn wir uns gegenseitig ineinander einfühlen und verstehen, was der andere wirklich braucht, sehen wir auch eher, was er uns gibt.

So können auch Nadja und Silvan einander nun besser verstehen und wertschätzen, dass sie zwar verschiedene, aber dennoch gleichwertige Beiträge im Zusammenleben leisten. Erst dann empfinden sie Geben und Nehmen in der Beziehung als ausgeglichen.

Es gibt jedoch auch Paare, bei denen Geben und Nehmen tatsächlich einseitig verteilt sind. Hier ist es notwendig, die tieferen Gründe dafür herauszufinden, um die unausgeglichene Beziehung auszubalancieren: Ist derjenige, der mehr gibt, in der Helferrolle? Braucht er unbewusst einen abhängigen und weniger gebenden Partner, um sich selbst wertvoll und liebenswert zu fühlen? Hat er – oder sie – schon früher mehr gegeben als bekommen?

Oder wurde derjenige, der mehr nimmt, vielleicht als Kind sehr verwöhnt und kennt bisher nur diese Rolle? Gibt er dadurch der Partnerin die Botschaft: Ich möchte, dass du für mich wie eine Mutter bist, die immer bereit ist, auf mich zuzugehen, auch wenn ich dir nicht gleichermassen entgegenkomme?

Sie erinnern sich an Amanda, welche bereits in ihrer Kindheit die Mutter für ihre eigene Mutter sein musste. Sie ist mit einer unausgeglichenen Balance von Geben und Nehmen aufgewachsen, die man durchaus als Missbrauch bezeichnen kann. Für sie ist es entscheidend, dieses Ungleichgewicht in ihrer Ehe nicht fortzusetzen. Einerseits hat sie nun einen Mann gefunden, der ihr viel Zuwendung und Unterstützung gibt. Andererseits muss sie darauf achten, nicht die Rolle ihrer Mutter zu übernehmen; also nicht von ihrem Partner zu erwarten, dass er ihr mehr geben sollte als sie ihm.

Autonomie – Bindung

Immer wieder erlebe ich Paare, wo jeder Partner bei diesem Thema polarisiert: Je mehr einer auf seinen Freiraum pocht, desto mehr Gemeinsamkeit sucht der andere. Doch für jede Person wäre sowohl die Erfahrung von Bindung (Wir) als auch von Autonomie (Ich) relevant.

Die Ambivalenz zwischen den beiden Bedürfnissen begleitet uns während unseres ganzen Lebens, auch wenn wir zu verschiedenen Zeiten unterschiedliche Schwerpunkte setzen. In einer langjährigen Partnerschaft ist der Aspekt der Bindung sehr bedeutsam. Dadurch fühlen wir uns einander zugehörig und geborgen. Wir wissen, dass wir gemeinsam auch schwierige Zeiten durchstehen. Das Wir gibt Halt und Sicherheit, wir können uns aufeinander verlassen. Wenn sich das Paar in der Familienphase mit kleinen Kindern befindet, macht die starke Betonung des Bindungsaspektes durchaus Sinn.

Früher oder später spürt jedoch einer der Partner den Wunsch, ein wenig von diesem Pol wegzurücken und das Eigene stärker zu betonen. Denn allzu viel Nähe kann einengend wirken. Eine Gegenbewegung, durch die sich ein neues Gleichgewicht einstellen kann, wird dann nötig. Aber wenn die Autonomie zu stark betont wird und über längere Zeit nur noch das Ich von Bedeutung ist, steht die Beziehung bald vor der Auflösung.

Es geht also darum, immer wieder zu überprüfen, wie Sie in Ihrer Beziehung mit dieser Ambivalenz umgehen, und sich je nachdem etwas mehr auf die eine oder andere Seite zu bewegen. Das Gefühl von Festgefahrensein stellt sich dann ein, wenn sich die Partner auf den entgegengesetzten Polen häuslich eingerichtet haben und ihre Position nur noch verteidigen.

Auch Max und Doris müssen dieses Gleichgewicht immer wieder von neuem suchen. Max ist zwar zuverlässig und steht voll hinter seiner Frau und den Kindern, aber das Wir hat für ihn eher eine allgemeine Bedeutung: Wir teilen unser Leben. Punkt. Konkret stört es ihn kaum, dass er sowohl mit seiner Frau als auch mit seinen Kindern nur wenig Gemeinsamkeiten hat.

Je mehr er auf Autonomie setzt, desto stärker sieht sich Doris dazu gezwungen, die Bindung zu betonen. Sie wünscht sich mehr gemeinsame Zeit mit Max, sowohl als Familie als auch als Paar. Je mehr Max sie jedoch auf Distanz hält und sich auch am Wochenende mit Arbeit eindeckt, desto frustrierter ist Doris, wenn sie wieder mal alleine mit den Kindern etwas unternehmen muss. Sie fühlt sich dann wie eine allein erziehende Mutter, und all die Familien, denen sie begegnet, machen sie nur traurig. Es ist anzunehmen, dass die beiden nach einem solchen Tag nicht zärtlich zusammen kuscheln werden – dazu sind sie innerlich zu weit voneinander entfernt.

In der Paartherapie versuchen wir zu verstehen, welchen Sinn diese Polarisierung für das Paar macht, sowie herauszufinden, wie die entgegengesetzten Rollen einander bedingen und wie jeder die Polarisierung ungewollt herbeiführt: Max übernimmt in diesem Zusammenspiel einen Teil der ungelebten Autonomie von Doris und umgekehrt: Durch Max' distanziertes Verhalten wird seine Bindungsangst deutlich spürbar. Im Gegensatz dazu kann Doris sich selbst als sicher gebundene Person erleben und darstellen. Vielleicht braucht sie sogar die Autonomiebestrebungen von Max, um ihre eigene unbewusste Angst, dem anderen durch grosse Nähe zu sehr ausgeliefert zu sein, nicht zu spüren. Erst wenn beide ihr Verhalten nicht mehr nur als eine Reaktion auf ein Zuviel oder ein Zuwenig des Partners empfinden, lässt sich herauskristallisieren, welchen Teil sie bei sich selbst stärker entwickeln wollen. Damit wird ein Ausgleich von Autonomie und Bindung und auch eine Wiederannäherung des Paares möglich.

Durchsetzung – Anpassung

Hier geht es, wie bereits beim beherrschenden Kommunikationsmuster, um Macht und Ohnmacht. Entsteht ein Ungleichgewicht, kann Folgendes geschehen:

a) Das Paar erstarrt in der Polarisierung. Das heisst, einer setzt sich durch, während der andere sich seinen Entscheidungen und Ideen anpasst und sich unterordnet. Der Bestimmende betont dabei gerne: «Wir streiten nie und sind uns meistens einig. Wir haben eine harmonische Beziehung.» Dass diese so genannte Harmonie nur zum Preis der Selbstaufgabe des einen Partners erreicht werden kann, wird oft übersehen. Deutlich wird dies

erst, wenn derjenige Partner, welcher sich zu stark angepasst hat, merkt, wie er sich selbst und seine eigenen Bedürfnisse verleugnet. Ab und zu treffe ich Frauen, die mir erzählen: «Ich habe mich bisher zu sehr den Wünschen meines Mannes angepasst, und für ihn war das selbstverständlich. Nun realisiere ich, dass ich das nicht mehr kann. Ich will ein eigenes Leben!»
Wer über lange Zeit hinweg in dieser Polarisierung lebte, hat es schwer, die Beziehung nun als gleichwertige Partner neu zu gestalten. Manchmal kann eine vorübergehende Trennung und damit eine weitgehende Eigenständigkeit für beide helfen, die langjährige Ehe von eingefahrenen Verhaltensmustern zu befreien und die Beziehung auf eine neue Basis zu stellen.
Auch wenn das Paar weiterhin zusammenlebt, ist dies möglich. Umso bedeutsamer sind hier die bewusste Entscheidung und ein klares Ja von beiden Partnern zur Veränderung der Beziehung. Ansonsten fällt man schnell wieder ins alte Beziehungsmuster zurück.

b) Beide treffen sich am Pol der Durchsetzung. Das heisst, jeder will über das *Was und Wie* in der Beziehung bestimmen und ist nicht bereit, die Bedürfnisse des andern genauso wichtig zu nehmen wie die eigenen. Sie fühlen sich enttäuscht über die mangelnde Kooperationsbereitschaft des anderen und sehen nicht, wie sie selbst den Partner in die Ecke drängen. Der Machtkampf ist immer präsent, egal, ob es um Kleinigkeiten oder wichtige Fragen des Zusammenlebens geht. Jeder erhebt den Anspruch zu wissen, was das Beste ist.
Nadja ärgert sich darüber, dass Silvan sie beim Autofahren oft kritisiert. Sie denkt, dass es allein sein Problem sei, weil er eine antiquierte Einstellung habe und glaube, dass Frauen unsicherer fahren würden als Männer. Also ist sie gleich in Alarmbereitschaft, kaum öffnet er im Auto seinen Mund.
Silvan dagegen ist ärgerlich, weil ihm Nadja diese negative Haltung unterstellt. Er denkt gar nicht negativ über Frauen am Steuer. Aber er sollte ihr doch auch mal einen Hinweis geben dürfen!

Doch sie erlebt seine Tipps als besserwisserisch und unangebracht: Kann er nicht endlich aufhören, ihr zu sagen, was sie zu tun hat?! Das nächste Mal, wenn er fährt, wird sie ihn auch kritisieren.

Aber natürlich wird er sich dann auch nichts von ihr sagen lassen! So sind beide wütend aufeinander und schaukeln den Konflikt hoch, weil sie glauben, sie wüssten besser als ihr Partner, wie sich dieser zu verhalten habe.

In einer Krise wird oft die eine Form, mit Durchsetzung und Anpassung umzugehen, durch die andere ersetzt. Wenn jemand nämlich feststellt, dass er sich zu lange den Wünschen des Partners untergeordnet hat, tendiert er nun eher dazu, seine eigenen Bedürfnisse durchzusetzen.

Erst mit der Zeit und mit Hilfe des aktiven Engagements von beiden kann ein neues – stimmigeres – Gleichgewicht gefunden werden.

Es ist also eine zentrale Aufgabe, in einer Beziehung die Pole Durchsetzung und Anpassung auszugleichen. Wie das im Alltag konkret aussieht, muss immer wieder neu ausgehandelt werden. Reife Kompromisse sind nötig und gar nicht so schwierig, wenn sich beide ineinander einfühlen und sich gegenseitig in ihrer Verschiedenheit akzeptieren können.

Unerledigtes aus der Paargeschichte

Es ist nicht zu vermeiden, dass sich die Partner in einer Liebesbeziehung hin und wieder verletzen. Wenn diese Verletzungen nicht bereinigt werden, überschatten sie das Zusammenleben. Die Gefahr besteht, dass solche Altlasten als ‹Munition› benutzt werden, um den Partner in einer aktuellen Auseinandersetzung ‹niederzustrecken›. Es ist schwierig, einen Konflikt einzugrenzen und konstruktiv zu lösen, wenn dabei noch ein ganzer Rattenschwanz an Unerledigtem ins Feld geführt wird.

Anna und Daniel sind seit 18 Jahren ein Paar und haben drei Jugendliche. Anna geht es seit etwa zwei Jahren nicht mehr so gut in der Beziehung. Sie versuchte, mit ihrem Partner darüber zu reden, aber es brachte nicht viel. Je länger ihre Unzufriedenheit andauerte, desto stärker hatte sie den Eindruck, dass ihr Mann sie nur noch kritisiere und sie ihm nichts mehr recht machen könne. Doch auch sie hatte einiges an ihm auszusetzen. Schliesslich empfanden beide viel angestauten Ärger aufeinander. Als Anna mit gesundheitlichen Problemen auf die angespannte Beziehungslage reagierte, begriff sie, dass es so nicht weitergehen könne. Sie stellte Daniel vor ein Ultimatum: entweder Therapie oder Trennung! Das war kein einfacher Einstieg in die Paartherapie, denn er fühlte sich natürlich unter Druck gesetzt. Es brauchte etwas Zeit, bis beide spürten: Jeder wird hier mit seinen Wünschen und seiner Kritik ernst genommen.

Zu Beginn der Therapie wies Daniel auf verschiedene alte und bis heute unerledigte Verletzungen hin. Es war für ihn wichtig, diese Dinge aussprechen zu können, auch wenn es sich dabei eher um kleinere und nicht um grundsätzliche Uneinigkeiten handelte. Anna hatte zum Beispiel bei der Neugestaltung des Gartens eine Entscheidung gefällt, die er nicht akzeptieren konnte. Er war ärgerlich und enttäuscht darüber, dass Anna ihn damals mit seinen Wünschen und Ideen nicht gesehen hatte. Es tat ihm gut zu merken, dass sie sich nun in ihn einfühlen und seine Verletzung anerkennen konnte. Sie war auch betroffen darüber, dass sie ihn und seine Wünsche in dieser Sache wirklich nicht einbezogen hatte. Daniel konnte schliesslich diesen alten Konflikt loslassen.

Karin und Adriano waren seit 7 Jahren zusammen und hatten einen 5-jährigen Sohn, als sie in Therapie kamen. Ihre Beziehung war seit Beginn von einem Ereignis belastet, dessen Folgen ihr Zusammenleben prägte und belastete: Nach zwei Monaten wurde Karin schwanger und nahm eine Abtreibung vor. Sie fühlte sich dabei von Adriano allein gelassen und zu wenig unterstützt. Er hingegen nahm ihr übel, dass sie diese Entscheidung für sich gefällt hatte, ohne seine Gedanken und Gefühle ernsthaft zu berücksichtigen. In der Therapie wurden die dramatischen Folgen dieses Ereignisses erst richtig deutlich.

Sie freuten sich über ihren Sohn, der zwei Jahre später geboren wurde: Dieses Kind bedeutete für beide eine Art Wiedergutmachung der früheren Abtreibung.

Doch die Probleme waren damit nicht gelöst. Adriano begann sich sexuell von seiner Frau zurückzuziehen und ging schliesslich eine Aussenbeziehung ein. Karin fühlte sich verletzt und zog sich emotional von ihrem Mann zurück. Vielleicht wollte sie sich so an ihm für seine Untreue rächen.

Es ist nicht einfach, zu seinen Rachegefühlen zu stehen, denn wir möchten unsere Konflikte ja auf zivilisierte Weise lösen. Aber bei einer grossen seelischen Verletzung kommt halt trotzdem der Wunsch nach Rache auf, auch wenn wir wissen, dass tatsächlich ausgeübte Rache nicht die erhoffte Erleichterung bringt. Wenn wir unser Gefühl jedoch ehrlich wahrnehmen und auch aussprechen, wird es möglich, sich gar nicht erst am anderen rächen zu müssen: «Du hast mich so verletzt, und am liebsten würde ich dir das heimzahlen! Es täte mir gut, wenn es dir genauso schlecht gehen würde wie mir!»

Da Karins Verletzung unverarbeitet blieb, verliebte auch sie sich bald in einen anderen Mann. Schliesslich sahen Adriano und sie keine andere Chance mehr als die Trennung. Etwa ein Jahr später entschieden sie sich jedoch, ihrer Beziehung nochmals eine Chance zu geben, worauf sich beide von ihren auswärtigen Liebespartnern lösten. Als Zeichen ihrer Entschlossenheit bauten sie nun zusammen ein Haus.

Die Therapie war notwendig, um die unerledigten Enttäuschungen und Verletzungen aus der Paargeschichte aufzuarbeiten. Viele Stationen der bisherigen Beziehung mussten noch einmal ausführlich besprochen werden. Es ging darum, die alten Verletzungen nochmals zu spüren, offen auszusprechen und den Partner damit zu konfrontieren. Denn in der früheren Krise hatten beide ihre schmerzhaften Gefühle mehrheitlich verdrängt, dafür als Handlungen ausagiert. Adriano hatte zum Beispiel Karin nicht deutlich mitgeteilt, wie ihn ihr alleiniger Entscheid für eine Abtreibung geschmerzt und auch geärgert hatte. Stattdessen zog er sich immer mehr von ihr zurück und ging in eine passive Verweigerungshaltung.

Dies geschieht häufig: Wenn verletzte Gefühle nicht offen geäussert werden, quälen sie uns innerlich weiter und bringen uns schliesslich dazu, den Partner und uns selbst durch destruktives Verhalten zu schädigen.

Durch gegenseitige Einfühlung und Offenheit verstanden nun Karin und Adriano ihr eigenes und das Verhalten des Partners in der gemeinsamen Paargeschichte viel besser. Sie waren beide auch traurig darüber, wie schwierig sie sich ihr Zusammenleben bisher gestaltet hatten. Nun wollten sie sich endlich mehr positive gemeinsame Erfahrungen ermöglichen!

Durch die tiefe Betroffenheit über die gemeinsam geschaffenen Probleme konnten beide damit aufhören, dem Partner die Schuld zu geben, und so die Verantwortung für ihr Zusammenspiel übernehmen.

Dem Partner eine Aussenbeziehung zu verzeihen, fällt oft sehr schwer. Gerade in schwierigen Zeiten ist die Liebe zum Partner verschüttet und muss von neuem gesucht werden. Doch die Chancen, diese Liebe wieder zu finden, stehen nicht schlecht, wenn beide hinter den verletzten Gefühlen noch den Kern einer tiefen Zuneigung füreinander fühlen, der sie antreibt, nach Lösungen suchen zu wollen.

Herausforderung Sexualität

Evolution kontra Zivilisation?

Letzthin erlebte ich eine spannende Diskussion mit zwei Kollegen. Der eine meinte: «Der Monogamie-Anspruch ist einfach ein falsches Konzept, das niemandem gerecht wird! Es ist doch biologisch vorgegeben, dass Männer mehr Sex wollen als Frauen, und das bringt beide in eine unmögliche Situation. Der Mann bekommt nie genug, während die Frau sich sexuell belagert fühlt. Und auch wenn sie sich entgegenkommen, sind sie langfristig doch nie ganz zufrieden.

Wir wissen ja aus der Evolutionsgeschichte, dass der Mann nicht zur Monogamie bestimmt ist! Er musste früher seinen Samen möglichst weit streuen, um damit das Überleben seiner Art zu gewährleisten. Die Frau hingegen war bereits in grauer Vorzeit auf eine feste Bindung an ihren Partner angewiesen. Sie wählte sich den stärksten und auf der Jagd erfolgreichsten Mann als Vater ihres Kindes aus. Damit konnte sie auf gute Gene für ihren Nachwuchs hoffen. Und sie brauchte einen umsorgenden Mann, welcher sie und ihr Kind vor Gefahren schützte und das gejagte Wild nach Hause brachte. Wenn wir also die moderne Paarbeziehung von dieser unmöglichen Treueforderung befreien würden, ginge es uns allen besser!»

Der andere Kollege antwortete: «Das sehe ich etwas anders. Wozu haben wir denn die Möglichkeit, uns selbst zu befriedigen? So können wir doch, wann immer wir wollen, unserem Trieb nachgeben, auch wenn unsere Frauen gerade keine Lust auf Sex haben. Wir müssen uns nur von der einengenden Idealvorstellung verabschieden, dass immer beide gleichzeitig Lust aufeinander haben. Daraus entsteht die absurde Idee, dass man sich nicht mehr selbst befriedigen sollte, wenn man in einer Paarbeziehung lebt. Und da wir es trotzdem tun, haben wir noch ein schlechtes Gewissen dabei!

Natürlich ist unser Sexleben störungsanfällig. Alltagsstress und Beziehungsprobleme lassen die Lust aufeinander manchmal auf ein

Minimum sinken. Deshalb sollten wir Paar-Oasen in unser Leben einbauen, wo wir die Lust aufeinander wieder neu entdecken können. Ich glaube nicht, dass die Evolutionsbiologie unser Verhalten diktiert. Auch wenn das unsere Grundlagen sind, haben wir doch unser Sozialverhalten bis heute stark weiterentwickelt und sollten nun in der Lage sein, unsere biologischen Bedürfnisse auf eine beziehungsvolle Art und Weise einzubringen. Sex ist doch für Frauen und Männer mit Gefühlen von Nähe verbunden. Und es gibt schliesslich auch Frauen, die mehr Lust auf Sex haben als ihre Männer!»

Ich hörte dem Disput der Männer interessiert zu. Beide leben übrigens in einer festen Partnerschaft und haben Kinder. Schliesslich sagte ich zu ihnen:

«Ich denke, ihr habt beide Recht. Und dieses Dilemma bringt uns wohl immer wieder in Schwierigkeiten: Da unsere Ansprüche an eine Paarbeziehung heute so hoch sind, können wir wohl auch den Wunsch nach Treue nicht einfach zur Seite legen. In der sexuellen Begegnung zeigen wir dem Partner: *Dies ist etwas Besonderes, das mich nur mit dir verbindet, du als Person bist gemeint. Dass wir uns körperlich lieben, ist der Beweis für uns selbst und andere, dass wir ein Paar sind.* Deshalb schmerzt es ja auch die meisten Leute sehr, wenn der Partner fremdgeht. Unser Status als wichtigste Person im Leben des anderen wird dadurch erschüttert.

Und doch scheint der absolute Treueanspruch eine Illusion zu sein. Die Verlockungen sind vielfältig; wenn wir wollen, finden wir schnell jemand Gleichgesinnten für einen Seitensprung. Verschiedene Untersuchungen zeigen, dass mittlerweile jeder Zweite im Laufe einer längeren Beziehung mindestens ein Mal fremdgeht – und zwar sowohl Männer als auch Frauen. Früher war Fremdgehen für Männer noch ein Kavaliersdelikt, während betroffene Frauen gesellschaftlich geächtet wurden. Heute sind wir diesbezüglich zum Glück gleichberechtigt, aber trotzdem in einer schwierigen Situation: Wir halten am Anspruch und an der Hoffnung auf Treue in der Paarbeziehung fest, während gleichzeitig immer mehr von uns fremdgehen.»

Sex in langjährigen Paarbeziehungen

Viele Paare haben heute den Anspruch, dass die Sexualität auch in einer langen Beziehung intensiv und leidenschaftlich bleiben sollte. Es ist eine grosse Herausforderung, die Erotik über viele Jahre hinweg lebendig und abwechslungsreich zu erhalten. Es ist im Sex wie in der Beziehung allgemein: Wenn sich nicht beide aktiv einbringen, flacht die Lust ab. So stellt sich für viele Paare die Frage, wie sie die sexuelle Begegnung gestalten und ihr einen angemessenen Platz in ihrem Leben einräumen können.

Jürg Willi unterscheidet zwischen Sexualität der Lust und Sexualität der Zugehörigkeit. «Die Sexualität der Lust geht ganz im Moment auf, kennt kein Vorher und Nachher, sie ist ohne Bindung und ohne Verpflichtung, sie setzt sich über alle Regeln und Grenzen hinweg ...»

Die Sexualität der Zugehörigkeit jedoch «... meint den Partner als einmalige Person. Die sexuelle Vereinigung bestärkt die Liebe und die Idealisierung des Partners.»

Beide Formen existieren nebeneinander, sodass diese unterschiedlichen Bedürfnisse eine dauernde Ambivalenz in langjährigen Liebesbeziehungen erzeugen. Diese Ambivalenz ist normal und kein Zeichen von Unreife, jedoch schwer aufzuhalten und selten konfliktfrei.

Neuere Untersuchungen zeigen, dass nach fünf Jahren die Häufigkeit des Geschlechtsverkehrs abnimmt, und zwar auf etwa die Hälfte des ‹Anfangsniveaus›. Ein interessantes Detail: Die sexuelle Aktivität ist höher, wenn die Frau die partnerschaftliche Arbeitsteilung als gerecht erlebt. Trotzdem können sich auch hier festgefahrene Rollenmuster einschleichen.

Während in der Verliebtheitsphase Männer und Frauen etwa gleich häufig Zärtlichkeit und Sex wollen, kommt es nach einigen Jahren oft zu einer Polarisierung: Die Männer wollen mehr Sex, die Frauen vermissen Zärtlichkeit und romantische Liebesgefühle. So entwickelt sich das erotische Zusammensein nach dem Motto: No sex, no love – no love, no sex!

Diese Kurzformel macht deutlich, dass ein Paar mit diesem Motto sich gegenseitig blockiert. Wenn beide an ihren gegensätzlichen Positionen festhalten, ist bald keine lebendige Erotik mehr möglich.

Einige Paare umgehen dieses Dilemma, indem sie ihre Sexualität auf funktionaler Ebene ‹erledigen›. Sie schlafen zum Beispiel jeden Samstagnachmittag nach dem gemeinsamen Walking miteinander. Dies hat den Vorteil, dass der Sex regelmässig stattfindet und nicht unter emotionalen Schwankungen der Partner leidet. Ein grosser Nachteil ist jedoch gerade, dass diese Art von Sex die momentanen Gefühle der Partner füreinander nicht berücksichtigt und deshalb auch wenig Intimität schaffen kann.

Das heisst aber nicht, dass man auf keinen Fall feste Zeiten für körperliche Nähe einplanen sollte. Für Paare, die nur wenig Nischen für gemeinsame Ruhe und Entspannung finden, ist dies durchaus sinnvoll. Entscheidend ist, offen zu sein für das, was im Moment für beide möglich ist. Dies ist einmal die sexuelle Vereinigung, ein anderes Mal Kuscheln und Zärtlichkeit oder eine angenehme Massage.

Es kann sinnvoll sein, für einen gewissen Zeitraum – etwa während der Kleinkinderphase – die Pflege von Bindung in den Vordergrund zu rücken und die Bedürfnisse nach sexueller Leidenschaft und Abwechslung zurückzustellen. Denn in dieser Zeit ist das Gefühl von Sicherheit, Geborgenheit und emotionaler Stabilität im Interesse der Kinder zentral.

Die Zufriedenheit in der Sexualität ist abhängig von der Art und Weise, wie sich ein Paar auf emotionaler Ebene begegnet. Wenn zwei Menschen sich wenig gegenseitige Achtung und Wertschätzung entgegenbringen, können sie nicht erwarten, auf Dauer guten Sex miteinander zu haben. So kann es passieren, dass die Lust im wahrsten Sinne des Wortes verloren geht.

Ein Hauptproblem der heutigen Paarbeziehungen ist tatsächlich, dass es immer seltener zu sexuellen Begegnungen kommt. Dafür gibt es – ausgehend von der beschriebenen Ambivalenz –

verschiedene Gründe: Das Paar opfert die Sexualität der Lust nicht nur vorübergehend, sondern auf Dauer einer harmonischen, spannungsfreien, aber auch etwas langweiligen Beziehung. Oder ein Mann ist überfordert durch den Anspruch der Partnerin, Zärtlichkeit, Zuwendung und leidenschaftliches Begehren in der sexuellen Begegnung zu verbinden.

Es gibt jedoch auch viele Frauen und Männer, die aus einer tiefen emotionalen Enttäuschung heraus keine Lust mehr auf Sex mit dem Lebensgefährten empfinden. Dies ist besonders traurig, wenn beide eigentlich an Sex interessiert sind, aber infolge gegenseitiger Verletzungen weder emotional noch erotisch zusammenfinden.

Es ist tatsächlich anspruchsvoll, Sexualität der Lust und Sexualität der Zugehörigkeit in einer langjährigen Beziehung unter einen Hut zu bringen. Es erfordert einen wertschätzenden und achtsamen Umgang miteinander. Nur so kann zeitweise Lustlosigkeit ertragen und wieder überwunden werden.

Grundsätzlich scheinen Herr und Frau Schweizer aber keine Sex-Muffel zu sein: Laut der grossen Studie Durex Global Sex Survey 2005 haben wir durchschnittlich 104-mal Sex im Jahr (der weltweite Durchschnitt liegt bei 103).

Solche Ergebnisse sollten Sie jedoch nicht als Messlatte für Ihre Beziehung nehmen! Denn es ist anzunehmen, dass sehr viele langjährige Paare diese Frequenz nicht erreichen. Der Durchschnitt wird wohl von den frisch Verliebten in die Höhe verschoben. Ausserdem können wir von der Quantität nicht auf die Qualität der sexuellen Begegnungen schliessen. Und in langjährigen Beziehungen geht es doch mehr darum, die für jedes Paar besondere, mit emotionaler Zuwendung verknüpfte erotische Qualität zu ermöglichen.

Um wieder Lebendigkeit ins Sexleben zu bringen und vielleicht einmal etwas Neues auszuprobieren, brauchen die Partner Vertrauen ineinander. Dann können sie zu ihren sexuellen Fantasien stehen und spüren, dass der andere kreativen Vorschlägen grundsätzlich wohlwollend begegnet. Dafür müssen sie einander immer wieder gewinnen können. Dies heisst aber nicht, dass man sich auf eine erotische Spielform einlassen sollte, bei welcher Körper und Seele klar Nein sagen. Tun Sie nur das, was für Sie selbst auch stimmt. Doch nehmen Sie den Partner mit seinen Wünschen ernst. Auch wenn nicht alle erotischen Fantasien ausgelebt werden: Diese miteinander zu teilen, kann durchaus anregend sein.

3. Kapitel

«Nichts ist mehr, wie es war!»

Untreue und ihre Folgen

Das chinesische Wort für Krise besteht aus dem Zeichen für Gefahr und dem Zeichen für Chance. Diese beiden Aspekte treffen auch für die Untreue mit all ihren verschiedenen Gesichtern zu.

Seitensprünge, Affären und Aussenbeziehungen können eine Partnerschaft beleben, vertiefen, stören oder zerstören – je nachdem. Die Auswirkungen sind von Paar zu Paar verschieden und davon abhängig, ob die Untreue verheimlicht oder offen gelegt wird.

So oder so sind beide Partner davon betroffen: Die Beziehung wird in ihren Grundfesten erschüttert. Dann geht es vorerst darum, einfach nur durch die nächsten Stunden und Tage zu kommen.

Die meisten Frauen und Männer, welche in einer festen Beziehung leben, betrachten Verliebtheit und Sexualität als intimen Ausdruck ihrer Partnerschaft. Wenn diese mit jemand anderem gelebt werden, empfinden sie die Besonderheit ihrer Liebesbeziehung in Frage gestellt.

Trotzdem ist Untreue ein Thema, von dem sehr viele Paare betroffen sind. Verschiedene Untersuchungen zeigen, dass in der westlichen Welt jeder zweite Mann und mittlerweile auch jede zweite Frau mindestens einmal im Laufe ihrer Ehe oder festen Partnerschaft fremdgehen. In den städtischen Gebieten ist die Scheidungsrate auf 50 Prozent geklettert. Und: Untreue ist einer der häufigsten Trennungsgründe für Paare.

Im heutigen Liebesideal wird der Anspruch erhoben, Liebe und Sexualität in einer Person zu vereinen bzw. die Beziehung abzubrechen, wenn dies nicht mehr gelingt. Dauerhafte sexuelle Untreue wird in einer ganzheitlich gelebten Liebesbeziehung selten über längere Zeit hingenommen.

Dies heisst jedoch nicht, dass die Beziehung zum Scheitern verurteilt ist, wenn ein Paar mit Untreue konfrontiert wird. Im Gegenteil: Viele Trennungen könnten vermieden werden, wenn sich das Paar gemeinsam mit der Krise auseinander setzen würde.

Paare trennen sich allzu schnell, weil sie Angst haben, den Schmerz nicht auszuhalten. Wenn jedoch der betrogene Partner in grosser Verzweiflung und Wut eine sofortige Trennung verlangt, besteht die Gefahr, dass er sich auf seine verletzten Gefühle fixiert, den anderen zum Täter und sich selbst zum Opfer macht. Der Hass auf den ehemaligen Lebenspartner zieht sich dann oft wie ein roter Faden durch sein weiteres Leben. Jeder kennt Scheidungsgeschichten, bei denen sich das ehemalige Liebespaar bis aufs Blut bekämpft, oder Kinder, die jahrelang unter der Feindschaft ihrer getrennten Eltern leiden müssen.

Männer und Frauen hingegen, welche sich offen mit der schwierigen Situation auseinander zu setzen wagen, geben sich die Chance, ihre Zukunft ohne diese grosse Last an Unverarbeitetem neu zu gestalten. Sei es, dass sie sich einvernehmlich trennen oder dass sie ihren Weg gemeinsam weitergehen.

Was hat nun das Fremdgehen eines Partners mit der Paarbeziehung zu tun? Unbewusst wird damit oft ein Ausgleich zu einer partnerschaftlichen Schieflage gesucht. Möglicherweise weist der Untreue mit seinem Verhalten auf einen seit längerem aktuellen, bisher jedoch unausgesprochenen Beziehungskonflikt hin. Seine Untreue ist nicht selten ein unbewusster Versuch, bereits bestehende Beziehungsprobleme zu ‹lösen›. Das bisherige Zusammenspiel muss nun von beiden verändert werden.

Ob das Paar die tiefer liegenden Konflikte ans Licht bringen kann, hängt sehr von der Bereitschaft ab, Gefühle wie Wut, Verzweiflung, Trauer, Schmerz und Verlustangst auszuhalten. Es gibt keinen Weg, sich vor dem emotionalen Aufruhr zu drücken. Am Leiden kommt man nicht vorbei, ob man nun selbst untreu ist oder vom Partner betrogen wird.

Diese intensiven Gefühle ermöglichen, die Partnerschaft im positiven Sinne in Frage zu stellen: *Welche Bedeutung hat die Untreue für mich, für uns? Auf welche anstehenden Entwicklungen werden wir dadurch aufmerksam gemacht? Falls wir diese Krise überwinden können: Wie wollen wir unsere Beziehung neu gestalten? Wel-*

che Kompromisse würde ich in Zukunft nicht mehr eingehen? Wo könnte ich dem anderen mehr entgegenkommen? Wie nehme ich meine eigenen Bedürfnisse und diejenigen meines Partners ernst?

Mit solchen Fragen sind Sie auf dem richtigen Weg. Untreue weist oft auf einen unbewussten Wunsch nach Emanzipation hin, nach mehr Zu-sich-selbst-Kommen. Dieses Bedürfnis wird durch eine besondere Erfahrung mit einer neuen Person deutlicher spürbar. Dies vor allem dann, wenn das eigene Sein bisher zugunsten von Partnerschaft und Familie vernachlässigt wurde.

Untreue ist ein schonungsloser Hinweis darauf, dass eine Veränderung im Leben des Paares ansteht. Ob diese Veränderung eine Trennung oder ein Wieder-Zusammenfinden unter neuen Bedingungen bedeutet, ist jedoch vorerst noch ungewiss. Dies herauszufinden, fordert von beiden viel seelische Energie und braucht Zeit. Es ist empfehlenswert, auf dem Höhepunkt der Krise keine endgültigen Entscheidungen zu treffen. Durch die Konfrontation mit dem aktuellen Geschehen und den damit verbundenen Gefühlen lassen sich beide Partner auf einen Wachstumsprozess ein – der sie entweder wieder zusammenführt oder es ihnen schliesslich ermöglicht, einander in Frieden loszulassen.

Neben der Untreue mit ihren verschiedenen Ausdrucksformen und Lösungsmöglichkeiten geht es aber auch um die von einem Paar gelebte Sinnlichkeit. Denn viele Frauen und Männer werden erst durch einen Mangel an Nähe, Zärtlichkeit und Wertschätzung offen für ein auswärtiges Abenteuer.

Zeitweilige sexuell-erotische Durststrecken sind in einer langjährigen Beziehung kaum zu vermeiden. Alles Lebendige verändert sich, und so pendelt auch die Sexualität zwischen Nähe und Distanz. Nach intensiver Nähe suchen wir oft etwas Abstand zum anderen, um uns dann von neuem anzunähern. Wir können jedoch nicht davon ausgehen, dass der Partner automatisch im selben Rhythmus schwingt wie wir. So ist es auch ohne akute Konflikte nicht immer einfach, die unterschiedlichen Bedürfnisse aufeinander abzustimmen. Hilfreich ist, wenn beide immer wieder aktiv aufeinander zugehen. Falls jedoch über lange Zeit keine erotische Begegnung mit dem Partner stattfindet, ist eine ernsthafte Störung in der wechselseitigen Schwingung von Nähe und Distanz eingetreten und die sexuelle Erfüllung wird vielleicht auswärts gesucht.

«Ohne die seelische Erotik – so schön die Beziehungswerte Verlässlichkeit und Geborgenheit auch sein mögen – kracht eine Beziehung früher oder später in sich zusammen, und zwar spätestens dann, wenn von ausserhalb Schmetterlinge angeflogen kommen und sich im Bauch bemerkbar machen.» (Lauster)

Schweigen oder reden?

Eine zentrale Frage, wenn es um Untreue geht, ist: *Soll ich meinem/r Partner/in erzählen, was ich erlebt habe, oder schweige ich lieber?*

Diese Entscheidung ist eine echte Zwickmühle, denn in beiden Fällen gibt es berechtigte Befürchtungen.

Wenn es sich um einen einmaligen Seitensprung oder einen Internet-Flirt handelt, kommen Sie vielleicht zum Schluss, Ihrem Lebensgefährten nichts davon zu erzählen. Wahrscheinlich wollen Sie ihm eine Verunsicherung oder seelische Verletzung ersparen. Genauso wichtig dabei wird auch Ihr eigener Wunsch sein, eine unangenehme Auseinandersetzung zu vermeiden. Das ist verständlich und machbar, wenn Sie nur ab und zu an dieses Erlebnis zurückdenken und zudem spüren, dass sich die positiven Gefühle gegenüber Ihrem Partner nicht verändert haben. Sie haben den Eindruck, diese besondere Erfahrung tangiere Ihre Beziehung nicht weiter.

Sollten Sie aber eine Affäre oder eine längere Aussenbeziehung haben, kann das Schweigen zu einer grossen Belastung werden. Falls Sie in den anderen Mann/die andere Frau verliebt sind, wirft der Glanz dieser intensiven Gefühle seinen Schatten unweigerlich auf den bisherigen Partner. In diesem neuen Licht spüren Sie vielleicht, dass Sie seit einiger Zeit nicht mehr glücklich sind mit Ihrem Lebensgefährten.

Wenn Sie mit ihm über Ihre Erfahrungen reden, geben Sie sich die Chance, die Paarbeziehung neu zu beleben und einander wieder mehr liebevolle Zuwendung zu geben. Aber dazu sind Sie vielleicht (noch) gar nicht bereit. Sie wollen jetzt einfach diese Affäre geniessen und die schwelende Paarkrise nicht wahrhaben. Allerdings ist es schwierig und anstrengend, den Partner wochen- oder monatelang anzuschwindeln, um sich immer wieder mit dem Geliebten treffen zu können. Vielen Betroffenen bereitet dieses Versteckspiel grosse Schuldgefühle und kostet sie eine Menge seelische Energie. Denn trotz des grossen Aufwands, die Sache zu verheimlichen, könnte Ihre Untreue früher oder später entdeckt werden. Sie müssen damit rechnen, dass der Partner irgendwann eine verliebte SMS sieht oder eine verdächtige Telefonrechnung. Wenn Ihr Fremdgehen auffliegt, bedeutet das eine akute Paarkrise: Was ihn besonders tief verletzen wird, ist das Gefühl, dass sein Vertrauen missbraucht wurde. Ihr Partner muss dann nicht nur Ihre sexuelle Untreue verkraften, sondern auch das zerstörte Vertrauen wieder aufbauen, um die Paarbeziehung weiterführen zu können.

Lisa hat dies auf schmerzhafte Weise erlebt: Ihr Ehemann Mario, mit dem sie seit 17 Jahren zusammen ist, rief mich ziemlich aufgelöst an und bat um eine Sitzung am nächsten Tag. Als die beiden dann auf dem Sofa in meiner Praxis sassen, erzählte Lisa mit Wut und Trauer in der Stimme: «Ich habe ihn in flagranti erwischt, als er im Auto mit einer anderen Frau Sex hatte! Nachdem ich die beiden gesehen hatte, fuhr ich total geschockt nach Hause. Mario erschien kurz darauf. Als ich ihn fragte, wie lange das schon gehe, versuchte er zuerst, billig davonzukommen. Er behauptete, diese Frau erst seit einem Monat zu treffen. Da ich aber nicht locker liess, gestand er schliesslich, dass die Aussenbeziehung schon neun Monate lang dauere!» Und zu ihrem Mann gewandt: «Ich hätte meine Hand dafür ins Feuer gelegt, dass du mich nicht betrügst! Nun ist nichts mehr so, wie es früher zwischen uns war. Wie konntest du mir das antun und mich erst noch so lange anlügen? Was kann ich dir jetzt noch glauben? Ich habe den Boden unter den Füssen verloren, denn ich bin so verletzt, dass du mir nicht die Wahrheit gesagt hast. Sogar während unserem romantischen Wochenende ohne die Kinder hast du mit dieser Frau telefoniert! Am liebsten würde ich alles hinschmeissen!»

Mario war erschüttert, als er dies von seiner Frau hörte. Irgendwie hatte er nicht damit gerechnet, dass die Sache so aus dem Ruder laufen und seine Ehe zerstören könnte. Er wollte Lisa auf keinen Fall verlieren und brach den Kontakt mit der Geliebten sofort ab.

(Sie werden noch erfahren, wie es mit den beiden weiterging.)

Nur wenn über die Untreue gesprochen wird, können Sie sich gemeinsam mit der Frage, auf welche Beziehungskonflikte die Untreue eines Partners hinweist, befassen. Sonst entgeht Ihnen die Chance, durch offene Auseinandersetzung neue Wege zu suchen. Wenn Sie rechtzeitig mit Ihrem Partner reden, können Sie wenigstens den schwerwiegenden Vertrauensbruch verhindern.

Weshalb also verheimlichen trotzdem so viele Männer und Frauen ihr Fremdgehen? Die Strategie der Offenheit ist für sie wohl mit grossen Befürchtungen verbunden. Die zentrale Angst dabei ist, dass der Partner die Beziehung sofort beenden könnte, wenn er die Wahrheit erfahren würde. Oder dass er die sofortige Beendung der Affäre fordern würde. Ein Ultimatum verunmöglicht jedoch die freie Entscheidung und führt oft zu zusätzlichen Konflikten. Sie wissen zwar, dass Sie früher oder später eine Entscheidung fällen müssen, aber das ist hart. Sie können sich einerseits nicht vorstellen, den langjährigen Partner zu verlieren, andererseits hat der Geliebte neue Gefühle erweckt und Erfahrungen ermöglicht, auf die Sie nicht mehr verzichten möchten.

Einmaliger Seitensprung

Ein einmaliger Seitensprung muss nicht in jedem Fall ein Symptom für bereits bestehende Beziehungsprobleme sein. Auch jemand, der in einer mehrheitlich guten Partnerschaft lebt, kann (oder will) vielleicht für einmal einer süssen Versuchung nicht widerstehen. Zudem wird die Bereitschaft zum Seitensprung durch die gesellschaftliche Doppelmoral gefördert: Einerseits werden feste Paarbeziehungen als ideale Lebensform betrachtet. Auch heute wünschen sich die meisten Jugendlichen, einmal zu heiraten und eine eigene Familie zu gründen, und viele Menschen überladen deshalb die eigene Beziehung mit unrealistischen Erwartungen. Andererseits werden wir durch die offensive und oft beziehungslose Präsenz der Sexualität in den verschiedensten Medien dazu ermuntert, unsere erotischen Wünsche rücksichtslos auszuleben. Die Verheissung: Du kannst jederzeit alles haben!

Doch diese Verheissungen sind falsche Versprechungen. Ein Seitensprung ist nicht immer eine grossartige Erfahrung. Wenn man spürt, dass das sexuelle Erlebnis zwar intensiv, aber nicht mit emotionaler Nähe verbunden war, stellt sich im Nachhinein eher eine gewisse Ernüchterung ein.

Wenn Sie oder Ihr Partner auf einer Geschäftsreise oder im Anschluss an eine Klassenzusammenkunft also einmal schwach werden sollten, betrachten Sie Ihre Beziehung nicht gleich als gescheitert.

Und doch wirft das Erlebnis Fragen auf: *Weshalb passiert mir das gerade jetzt? Habe ich diese Gelegenheit beim Schopf gepackt, weil ich in meiner Partnerschaft nicht mehr zufrieden bin? Welche Konflikte habe ich unter den Teppich gekehrt? Oder wollte ich meinem Partner eins auswischen, weil er mich auch schon betrogen hat?*

Ein Seitensprung kann Anlass für ein klärendes Gespräch mit dem Partner sein: Sie können gemeinsam herausfinden, ob und weshalb die Leidenschaft in Ihrer Beziehung blockiert ist. Und: Manchmal kann der Schock über einen Seitensprung dazu genutzt werden, der lebendigen Erotik innerhalb der Paarbeziehung wieder mehr Raum zu geben.

Viele Frauen und Männer schmerzt auch ein einmaliger Seitensprung des Partners noch lange Zeit. Doch nur selten wird deshalb gleich eine Beziehung beendet. Aber es ist unabdingbar, die verletzten Gefühle des Partners ernst zu nehmen und miteinander herauszufinden, was es braucht, damit diese Erfahrung keine bleibenden Wunden hinterlässt. Sonst schwelt der ungelöste Konflikt weiter und kann die Beziehung während Jahren belasten.

Einige Zeit nach der Geburt ihres zweiten Kindes spürte Corina den Wunsch, sich wieder etwas mehr nach aussen zu orientieren. Sie wollte sich mal wieder als sinnliche Frau spüren. Ein Tanzkurs schien ihr dazu ideal. Da ihr Partner Patrick jedoch nicht tanzen wollte, suchte sie mit seinem Einverständnis einen Tanzpartner. Nach einiger Zeit begann es zwischen den beiden zu funken, und nach einem weiteren gemeinsamen Tanzabend gingen sie zusammen ins Bett. Corina betrachtete diesen Seitensprung als einmalige Sache. Deshalb brach sie den Kontakt mit diesem Mann ab und erzählte ihrem Partner alles. Patrick war zwar enttäuscht und verletzt, konnte seine Gefühle aber nicht offen ausdrücken. Also dachten beide, mit diesem Gespräch sei die Sache erledigt.

Jahre später kamen sie in Paartherapie, weil Corina herausfand, dass Patrick seit einem Jahr intensiven Kontakt mit einer anderen Frau pflegte. Die Eheprobleme waren für sie nicht mehr zu verleugnen. Er beurteilte das etwas anders, denn mit dieser Freundin hatte er keinen Sex, sondern ‹nur› persönliche Gespräche. Er verstand nicht ganz, weshalb seine Frau so durcheinander war. Bald wurde jedoch klar, dass die Krise bereits seit Jahren – nämlich seit dem unverarbeiteten Seitensprung von Corina – schwelte. Patrick: «Ich konnte meiner Frau damals schon verzeihen, aber ich wollte einfach nicht mehr verletzt werden. So ging ich eben innerlich auf Distanz zu ihr.» Durch diese emotionale Entfremdung erlebten beide die Beziehung trotz funktionierender Sexualität nicht mehr als erfüllend. Patricks intensiver Kontakt mit dieser Kollegin hatte durchaus etwas mit dem Seitensprung von Corina zu tun. Weil er damals seine verletzten Gefühle abwehrte, zog er sich emotional von ihr zurück.

Falls Sie sich entschieden haben, über den Seitensprung zu reden, sollten Sie prüfen, ob die Sache dann für beide Partner wirklich erledigt ist und keine negativen Spätfolgen für die Beziehung mit sich bringen wird.

Mit einem Partner zu leben, der notorisch fremdgeht, ist verständlicherweise auf Dauer unerträglich. Solche Männer und Frauen können sehr charmant sein und erklären dem Partner bei jedem neuen Seitensprung, dass sie nur ihn lieben, aber leider nicht treu sein können. Sie müssen sich immer wieder ihrer Attraktivität versichern und spüren, dass sie von vielen Leuten begehrt werden. Dies lässt auf eine grundlegende Unsicherheit bezüglich des eigenen Wertes schliessen, welche über die Sexualität abgehandelt und so nur vermeintlich bewältigt wird.

Doch da Sie und Ihr Partner in Ihrem Verhalten und Ihren Gefühlen durch ein unbewusstes Zusammenspiel verbunden sind, müssen Sie sich auch selbst fragen: *Wie trage ich dazu bei, dass mein Partner immer wieder fremdgeht? ‹Darf› ich vielleicht niemanden ganz für mich haben, weil ich in meinem tiefsten Inneren nicht daran glaube, für den anderen wichtig und liebenswert zu sein?*

So können Seitensprünge als Herausforderung verstanden werden, um sich selbst, den Partner und die gemeinsame Beziehungsdynamik besser zu verstehen.

Verliebtheit ohne Sex

Obwohl Patrick die Beziehung zu seiner guten Kollegin anfänglich herunterspielte, wurde mit der Zeit klar, dass er eben doch ein wenig in diese Frau verliebt gewesen war. Und auch wenn er nie Sex mit ihr hatte, spielte sie doch während einiger Zeit eine entscheidende Rolle in seinem Leben. Er traf sich regelmässig mit ihr, und sie führten viele sehr persönliche Gespräche.

Sie möchten nun vielleicht entgegnen: «Aber es ist doch gut, wenn wir neben dem Partner noch Freunde haben, mit denen wir gerne zusammen sind und auch über Persönliches, wie zum Beispiel unsere Beziehung, reden können. Der Partner kann uns doch nicht alles geben!»

Da haben Sie durchaus Recht. Patrick sagte zu seiner Frau: «Wenn meine Vertrauensperson ein Mann gewesen wäre, dann wärst du bestimmt nicht eifersüchtig geworden!» Aber es war eben kein Mann. Vielen Männern fällt es schwer, mit einem Freund nicht nur über Arbeit, Politik und Fussball, sondern auch über ganz persönliche Dinge zu reden. Emotionale Vertrautheit unter Frauen hat eine längere Tradition, aber diese Beziehungen wollen gepflegt werden. Die meisten von uns haben mindestens eine Freundin, der sie auch ihre verletzliche Seite zeigen können. Manche Männer stört es allerdings, wenn ihre Frau allzu Intimes über die Partnerschaft mit der Freundin bespricht. Wichtig ist, dass er darauf vertrauen kann: Sie zieht nicht über mich her, sondern spricht mit einer gewissen Selbstreflexion über unsere Beziehung. Sie versucht mit Hilfe der Freundin zu verstehen, was abläuft und was sie selbst verändern könnte.

Weil viele Männer aber Mühe haben, mit anderen Männern eine tiefe emotionale Vertrautheit herzustellen, suchen sie diese oft lieber im Austausch mit Frauen. Dies umso mehr, wenn ihnen die emotionale Nähe in der Beziehung zur Partnerin fehlt.

Patrick kompensierte in seinen Treffen mit der Kollegin diese abhanden gekommene Nähe zu Corina. Schliesslich half ihnen diese Krise aber, die Probleme innerhalb ihrer Beziehung genauer anzuschauen und gemeinsam nach Lösungen zu suchen. Die Paartherapie war dabei eine wichtige Unterstützung. Alleine wären sie wohl in ihren negativen Gefühlen von Misstrauen, Eifersucht und gegenseitiger Enttäuschung stecken geblieben.

Wenn es also um Freundschaften zwischen Männern und Frauen geht, ist es gut zu wissen, dass man sich zwar sehr gut versteht, aber nicht ineinander verliebt ist. Sonst fühlt sich der Partner verständlicherweise verunsichert oder bedroht.

Sara hatte vor einiger Zeit wieder Kontakt zu einem alten Kollegen aufgenommen. Sie traf sich während der folgenden Monate öfters mit ihm und spürte, dass sie sich von ihm auf emotionaler Ebene sehr gut verstanden fühlte.

Genau dies fehlte ihr im Zusammenleben mit ihrem Partner. Miguel ist ein umgänglicher, aber eher zurückhaltender Mensch, der von sich aus wenig über seine Gefühle spricht. Das hatte er zu Hause auch nicht gelernt: In der Familie wurde selten über persönliche Dinge gesprochen.

Durch den regen Austausch mit ihrem Kollegen spürte Sara das Bedürfnis, diese Beziehungsqualität auch mit ihrem Partner zu entwickeln. Obwohl sie den anderen Mann nie als möglichen neuen Lebenspartner betrachtete, verliebte sie sich doch in ihn. Sie entschied sich dann, diesen Kontakt stark einzuschränken, da sie ja die Beziehung zu ihrem Partner verbessern wollte. Als Miguel jedoch realisierte, dass seine Frau während einiger Zeit in den anderen Mann verliebt gewesen war, wollte er sie eine Zeit lang nicht mehr sehen. Er zog für vier Wochen zu einem Kollegen. Als er nach dieser Zeit spürte, dass Sara immer noch mit ihm zusammen sein wollte, konnte er sich ihr gegenüber wieder öffnen und ihren Wunsch, einiges im Zusammenleben neu auszuhandeln, mittragen.

Die Zweierbeziehung ist ein verletzbares Pflänzchen, das viel Sonne und Nahrung braucht. Durch auswärtige Verliebtheit kann ihm ein wichtiger Nährstoff verloren gehen. Doch andererseits sensibilisieren uns solche Gefühle dafür, unsere Bedürfnisse ernst zu nehmen. Sie können uns helfen, die offene Zuwendung zum Du wieder mehr in der Partnerschaft zu suchen.

Liebe im Netz

Ein wichtiger Aspekt in einer guten Liebesbeziehung ist die offene Kommunikation. Neben dem direkten Gespräch von Angesicht zu Angesicht und dem Telefon hat sich durch den Internetboom gezeigt, dass auch der Computer zwischenmenschliche Begegnungen ermöglichen kann. Tom Hanks und Meg Ryan machten es 1998 in ‹E-mail for you› vor. Seither haben sich unzählige Frauen und Männer – ob gebunden oder single – mittels E-mails und Chats virtuell verliebt.

Vielleicht ist es ja gar nicht so anders als in früheren Zeiten, als noch rege Briefkontakte gepflegt wurden und manch eine Liebesbeziehung vorerst auf diesem schriftlichen Weg zu blühen begann. Das Medium hat sich zwar geändert, doch unsere Gedanken und Gefühle können wir heute auf genauso persönliche Weise mitteilen, auch wenn wir vor dem Bildschirm sitzen.

Abgesehen von der Partnersuche über Online-Agenturen, welche heutzutage nicht mehr wegzudenken sind, bietet das Internet auch für Leute, die in einer festen Beziehung leben, diverse Kontaktmöglichkeiten. Wenn in einer langjährigen Partnerschaft die grossen Gefühle abflauen und sich eine gewisse Resignation breit macht, ist die Versuchung gross, online nach einem verständnisvollen Gegenüber zu suchen. Da eine Kontaktaufnahme jederzeit möglich ist, geschieht dies zuerst oft nicht so bewusst. Man sitzt abends am Computer und surft etwas herum, während die Kinder friedlich schlafen und der Partner fernsieht. Mehr zufällig als geplant stossen viele so auf einen interessanten Chat-Partner. Unter anonymen Bedingungen mittels eines Pseudonyms ist es wenig riskant, persönliche Informationen preiszugeben oder offensiv zu flirten. Danach ist die Hemmschwelle, vom Plaudern im Chat auf persönliche Mails zu wechseln, nicht mehr gross. Ein Vorteil dabei ist, dass der Kontakt nicht bereits zu Beginn von Äusserlichkeiten abhängig gemacht wird. Ob jemand attraktiv erscheint, hängt dann nicht mehr vom Aussehen ab, sondern davon, wie freundlich, witzig, offen und einfühlsam er/sie im Netz kommuniziert. Dementsprechend viele Paare sind heute mit virtueller Untreue konfrontiert.

Falls Sie auch schon online geflirtet haben, denken Sie vielleicht: Das ist doch ein harmloses Hobby, das meine Beziehung nicht betrifft. Schliesslich bleibe ich brav zu Hause. Ich möchte einfach wieder mal meinen ‹Marktwert› testen.

Das ist verständlich. Doch ist in dieser Aussage auch eine gewisse Unzufriedenheit spürbar. Wenn Sie mit Ihrem Partner glücklich wären, würde es Sie weniger interessieren, wie Sie bei andern Männern/Frauen ankommen. Es könnte sein, dass Sie wegen dieser Flirts weniger Herzblut in Ihre Paarbeziehung stecken. Dass Sie also Ihre Unzufriedenheit mit dem Partner nicht aktiv angehen, sondern an einen Ort ausweichen, wo alles noch wunderbar erscheint.

Wahrscheinlich spürt Ihr Lebensgefährte nach einiger Zeit, dass Sie weniger aufmerksam sind und seltener seine Nähe suchen. Misstrauisch geworden, geht er vermutlich auf Spurensuche in Ihrem Computer oder Handy – und wird auch fündig. Auch wenn eine Cyberaffäre rein virtuell geblieben ist, schmerzen den ‹betrogenen› Partner der Vertrauensbruch und die oft ausgeprägte verbale Intimität dieses Kontaktes. Natürlich muss der Partner auch seinen Anteil der Geschichte betrachten. Die Langeweile in der Beziehung ist eine gemeinsame. So liegt es an beiden, einander wieder für erfüllende Gemeinsamkeiten zu gewinnen.

Leandra konfrontierte ihren Partner Nico in der vierten Paartherapie-Sitzung unverhofft damit, dass sie seine privaten Mails gelesen und so seine Online-Flirts entdeckt habe. Sie fühlte sich schlecht, weil sie damit seine Privatsphäre verletzt hatte. Und sie war wütend und traurig darüber, dass ihr Mann während gut einem Jahr virtuelle Kontakte mit verschiedenen Frauen pflegte, ohne dass sie etwas davon gewusst hatte.

Im gemeinsamen Gespräch wurde deutlich, dass diese Mail-Kontakte für Nico einerseits ein Versuch waren, mit der angespannten Beziehung zu Leandra besser zurechtzukommen. Andererseits war sein Bedürfnis nach diesen Flirts aus einer persönlichen Verunsicherung heraus entstanden. In letzter Zeit hatte er sich öfters die Frage gestellt: *Ist das nun alles in meinem Leben – Arbeit und Familie?*

Leandra konnte ihren Mann in diesem Punkt verstehen, denn diese Frage stellte sie sich selbst auch. Die beiden hatten die Paartherapie begonnen, um neben dem täglichen Funktionieren-Müssen bei der Arbeit und als Eltern von Kleinkindern wieder mehr Leben und Freude in ihre Beziehung bringen zu können. Und natürlich auch, um die aktuellen Konflikte zu lösen. Es wurde Nico klar, dass seine Flirts mehr ein Ausweichen als eine konstruktive Problemlösung darstellten. Und da sie als Paar in den letzten Wochen wieder mehr Nähe erlebt hatten, fiel es ihm nicht schwer, diese Mail-Kontakte aufzugeben. Zwei Wochen später erzählte Leandra, sie habe – zu Nicos Ärger – nochmals seine Mails durchgesehen. Sie glaube ihm nun, dass er mit keiner dieser Frauen Sex hatte, und könne langsam wieder Vertrauen zu ihm fassen. Erst nach einer gewissen Zeit wird sich zeigen, ob die Sache damit wirklich erledigt ist.

Auch bei Lisa und Mario spielten vor der Aussenbeziehung Mail-Kontakte eine Rolle. Seit einiger Zeit hatten sie sich etwas auseinander gelebt. Der Alltag lief zwar gut, doch sie hatten sich nur noch wenig zu sagen. Nun begann Lisa, mit einem Mann, den sie oberflächlich kannte, Mails auszutauschen. Die Korrespondenz war nicht erotischer Natur, denn das suchte sie gar nicht. Doch es tat ihr sehr gut, von diesem Mann auf emotionaler Ebene wahrgenommen und verstanden zu werden. Diese Vertrautheit wollte sie auch mit Mario wieder erleben. Als er von diesem Kontakt erfuhr, fühlte er sich verunsichert und versuchte, seine Frau zu kontrollieren. Einmal fuhr er ihr nach, um herauszufinden, ob sie den andern Mann nicht doch heimlich traf. Als er schliesslich sicher war, dass sie die Wahrheit sagte, war er bereit, wieder mehr Energie in die Paarbeziehung zu stecken. Beide fanden, danach hätten sie es wieder sehr gut zusammen gehabt. Umso geschockter war Lisa, als sie Marios Aussenbeziehung entdeckte.

Dieser Mail-Kontakt war ein nicht unbedeutender Puzzlestein auf dem gemeinsamen Weg dieses Paares. Dies heisst nun nicht, dass Marios Fremdgehen damit entschuldigt wäre. Dafür, dass er seine Frau betrogen und ihr seine Untreue verheimlicht hat, muss er die volle Verantwortung übernehmen. Doch die Verunsicherung durch Lisas Erfahrung hat vermutlich bei ihm nachgewirkt und seine Hemmschwelle, sich mit der anderen Frau einzulassen, herabgesetzt.

Trotz der Gefahr, die virtuelles Flirten für eine Paarbeziehung darstellen kann, muss wohl nicht befürchtet werden, dass wir uns nun alle in virtuelle Beziehungen und Cybersex flüchten. Doch diese Kontakte sind nicht mehr wegzudenken. Im Netz ist der Mut, mit Romantik und Erotik zu spielen, oft grösser als im Alltag. Eine solche Erfahrung kann durchaus die Möglichkeit bieten, durch spielerisches Ausprobieren das erotische Verhaltensspektrum im realen Leben zu erweitern.

Sexuelle Freiheit als Beziehungsideal

Die Ideen über Treue und Untreue in Beziehungen veränderten sich in den letzten 40 Jahren mehr als nur ein Mal. In den 70er-Jahren wurden in Wohngemeinschaften neue Beziehungsformen erprobt, man experimentierte mit freier Liebe. Bei uns ging es nicht ganz so radikal zu und her wie in der Berliner Kommune 1, welche propagierte: «Wer zwei Mal mit dem-/derselben pennt, gehört schon zum Establishment!» Und doch: Sexuelle Treue bekam den schalen Beigeschmack einer kleinbürgerlichen Fessel, die damals modern Denkende sich nicht mehr freiwillig anlegen wollten. Seitensprünge und Affären wurden nun mit schonungsloser Offenheit thematisiert. Für verletzte Gefühle war wenig Platz, denn Eifersucht war tabu.

In den 80er-Jahren schlug das Pendel zurück: Sexuelle Treue in Partnerschaften war wieder allgemein erwünscht – nicht zuletzt als Reaktion auf Aids. Gefühle von Nähe und Zugehörigkeit werden seither weniger in Gruppen von Gleichgesinnten, sondern vorwiegend in Paarbeziehungen gesucht. Obwohl es bedeutsam war, andere Wege zu gehen und damit auch Neuland zu entdecken, hat sich gezeigt, dass die meisten Menschen sich sexuelle Treue in einer festen Beziehung wünschen. Anderen ist bewusst, dass sie die versprochene Treue nicht immer einhalten können oder dass ihr Bedürfnis nach Abwechslung dabei zu kurz kommt.

Nicht alle Leute sind bereit, mit diesem Kompromiss zu leben.

Dazu gehören die bereits erwähnten notorischen Fremdgänger. Ihre mangelnde Bereitschaft zur Treue erklären einige von ihnen kurzerhand zur einzig ehrlichen Lebensform. Sie holen sich dabei Schützenhilfe von Evolutionsbiologen und Soziologen: Der Mensch sei in Bezug auf Treue genetisch nicht viel weiter entwickelt als ein Bonobo-Affe. Wo immer ihm ein attraktiver Körper die Aussicht auf leidenschaftlichen Sex biete, müsse er einfach zugreifen. Oder: Durch die heutige hohe Lebenserwartung müsse man sich in einer Ehe bis zum Tod auf durchschnittlich 43 Jahre ohne sexuelle Abwechslung gefasst machen. Und dies könne doch wohl kein Ziel sein.

Passionierte Fremdgänger verstehen nicht die sexuelle, sondern eher die emotionale Treue und Loyalität gegenüber dem Partner als Basis einer Beziehung. Die Bedürfnisse nach Sicherheit, Bindung und Nähe sollen trotzdem erfüllt werden. Berühmte Vorbilder wie Jean-Paul Sartre und Simone de Beauvoir haben diese Idee gelebt. Sie entschieden sich für eine Verbindlichkeit, die ihnen zuverlässiger erschien als das flüchtige Begehren: die Seelenverwandtschaft.

Entscheidend ist, dass eine solche Lebensform einem Partner nicht gegen seinen inneren Wunsch zugemutet wird, sondern dass sich beide selbstverantwortlich darauf einigen können. Doch hier zeigt sich bereits ein Problem: Kann es denn sein, dass Mann und Frau das Bedürfnis nach sexueller Abwechslung gleichzeitig und in gleichem Masse verspüren? Oder gibt eher einer dem Wunsch des anderen nach, nur um ihn nicht zu verlieren? Falls jemand die sexuelle Freiheit nicht selbst wünscht, sondern sich vom Partner dazu genötigt fühlt, ist die Paarkrise vorprogrammiert.

Hat sich das Paar darauf geeinigt, die Beziehung für sexuelle Abenteuer zu öffnen, kann dies auf verschiedene Arten geschehen: Sei es, dass sie gemeinsam einen Swingerclub besuchen und dort quasi unter Aufsicht des Partners sexuell untreu sind oder dass sie sich Aussenbeziehungen ausdrücklich zugestehen. Bei einer solchen Abmachung ist jedoch früher oder später mit einem Ungleichgewicht zu rechnen. Affären so zu planen, dass sie gleichzeitig beginnen und wieder aufhören, ist kaum möglich. So scheint das Leiden unausweichlich, weil immer mal wieder nur einer von beiden eine Affäre pflegt. Es ist fraglich, ob dieser Balanceakt von gegenseitigem Respekt geprägt sein kann. Die meisten Paare sind mit einem solchen Arrangement überfordert.

Vielleicht entgegnen Sie jetzt: «Das mag zwar sein, doch wie wir wissen, sind auch die Hälfte aller Paare mit dem Anspruch auf sexuelle Treue überfordert!»

Das ist richtig. Es ist heute nicht einfach, die Sexualität in einer langjährigen Partnerschaft lebendig zu erhalten und dabei einen für beide stimmigen Weg zu finden. Viele von uns kommen nicht darum herum, erotische Wünsche und Ideen immer wieder neu auszuhandeln und dabei vielleicht auch einmal etwas bisher Ungewohntes zu wagen. Denn das einzig Beständige ist bekanntlich der Wandel.

Kurze Affäre

Eine kurze Affäre ist mehr als ein Seitensprung, aber weniger als eine Aussenbeziehung. Wenn Sie eine Affäre haben, sind Sie in eine Drittperson verliebt – oder auch nicht –, auf jeden Fall gehen Sie mehrmals mit dieser Person ins Bett. Die Affäre wird jedoch aus verschiedenen Gründen nach einer kürzeren Zeit wieder beendet.

Doris hatte das Gefühl, in der Beziehung zu ihrem Mann festzustecken. Beiden fällt es nicht leicht, eine Atmosphäre von seelischer Nähe und Vertrautheit zu schaffen und aufrechtzuerhalten. Max verschwindet am Wochenende oft hinter seinem Computer oder geht joggen, während Doris sich alleine und von ihm vernachlässigt fühlt. Diese immer wieder belastende Distanz versuchen sie schon seit längerer Zeit mit auswärtigen Kontakten zu kompensieren.

Max lernte eine verheiratete Frau kennen, mit der er sich sehr gut versteht. Da sie weit entfernt wohnt, sieht er sie nur selten, telefoniert aber oft mit ihr. Er erwartet von seiner Partnerin, dass sie diese Beziehung akzeptiert, denn er hat ja keinen Sex mit dieser Frau. Das fällt Doris nicht immer leicht, denn sie befürchtet, dass er seiner Freundin mehr über sich selbst erzählt als ihr. Doch sie will sich nicht beschweren, denn sie pflegte selbst während längerer Zeit einen regen Mail-Kontakt mit einem andern Mann.

Dieses Paar befindet sich in einem Teufelskreis: Beide suchen die Aussenkontakte, um der mangelnden Nähe in der Beziehung zu entkommen. Diese Ausweichmanöver zementieren jedoch die seelische Distanz zwischen ihnen.

Max ist kein eifersüchtiger Partner, im Gegenteil: Er ermuntert seine Frau sogar zu Aussenkontakten. Sein eigenes Interesse daran ist unverkennbar. So kann er weiter sein Lebenskonzept verfolgen, in welchem Partnerschaft und Familie zwar wichtig sind, aber im Alltag nicht immer an erster Stelle stehen. Als Doris sich schliesslich in einen anderen Mann verliebte und Max im Voraus informierte, dass sie mit ihm ins Bett gehen wolle, meinte er nur: «Cool, ich wünsche dir viel Spass!» Quasi als Gegenleistung für seine Toleranz sollte sie ihn über alles informieren, was sie mit dem anderen Mann erlebte. Mit Hilfe dieser Kontrolle schien er seine uneingestandene Verlustangst abzuwehren.

Doris lebte ihre Affäre ein paar Wochen lang intensiv und ohne Schuldgefühle aus. Sie war jedoch nicht bereit, ihrem Mann genau zu erzählen, wie der Sex mit ihrem Freund war und was sie daran so toll fand. Das verletzte Max, denn durch ihren detaillierten Bericht hoffte er vielleicht, indirekt auch daran teilzuhaben. Nun wollte er klarere Spielregeln aushandeln: Er wäre weiterhin bereit, den ausserehelichen Sex seiner Frau zu akzeptieren, wenn sie ihm die gewünschten Informationen liefere.

Ein solcher Deal schien jedoch nicht geeignet, Max und Doris in ihrer Partnerschaft weiterzubringen. In der Therapie motivierte ich sie stattdessen, sich ihren Gefühlen von Eifersucht und Verlustangst zu stellen. Durch diesen Prozess der offenen Auseinandersetzung könnten sie sich emotional wieder näher kommen. Dazu müssten aber beide bereit sein, die Paarbeziehung wieder in den Mittelpunkt zu stellen.

Doris entschied richtig, Max keine Details aus dem Sexleben mit ihrem Freund zu erzählen, obwohl er diesen Wunsch äusserte. Es ist gar nicht so selten, dass der Betrogene genau wissen möchte, wie der Partner den auswärtigen Sex erlebt. Damit möchte man erfahren: Was hat der andere, was ich nicht habe? Ist er zärtlicher, leidenschaftlicher oder hat er mehr Ausdauer als ich? Doch diese Fragen sind quälend und detaillierte Antworten verletzend. Sie laufen auf einen Vergleich heraus, der oft zu Ungunsten des Partners ausfällt. Denn die Erotik in einer langjährigen Beziehung lässt sich nicht mit der Intensität eines Abenteuers vergleichen. Auf die vergleichende Frage «Wer ist besser im Bett, er/sie oder ich?» lassen Sie sich also lieber gar nicht erst ein.

Bald darauf beendete Doris' Liebhaber unerwartet die Affäre. Sie litt noch einige Zeit darunter, denn sie hatte sich wirklich verliebt. Doch sie war auch froh über dieses Ende. Denn es hatte ihr wehgetan zu spüren, dass ihre Verliebtheit einseitig geblieben und es dem Freund nur um Sex gegangen war. Nun ist sie wieder motiviert, ihre Energie in die Beziehung mit Max zu stecken und mehr Nähe zu ihm zu suchen.

Die meisten Männer und Frauen fühlen sich durch eine Affäre des Lebensgefährten verunsichert und verletzt. Der betrogene Partner ringt oft hart mit der Frage, ob er die Beziehung überhaupt noch fortsetzen will. Doch auch für denjenigen, der sich auf eine aussereheliche Affäre einlässt, ist nicht immer klar, ob er die Paarbeziehung weiterführen möchte. Die erotische und emotionale Intensität im Zusammensein mit der Geliebten gibt ihm vielleicht das Gefühl, darauf nicht mehr verzichten zu wollen. Und er kann sich beim besten Willen nicht vorstellen, diese überschäumenden Gefühle mit der langjährigen Partnerin zu erleben. So führen auch kurze Affären manchmal zu Trennungen vom Partner und somit zu neuen festen Beziehungen. Dies geschieht oft etwas überstürzt, denn die Verliebtheitsgefühle klingen in der Regel nach ungefähr 1,5–2 Jahren ab. Erst dann zeigt sich die Herausforderung des Zusammenlebens im Alltag.

Die Affäre ist eine Gelegenheit zu überprüfen, was das Paar tatsächlich noch zusammenhält. Wenn beide absolut keine Beziehungslust mehr empfinden, aber wegen den Kindern, dem Geld oder den Verwandten weiterhin zusammenleben, kann sie ein Anlass sein, einen bereits fälligen Schritt zu wagen. Es bleibt jedoch fraglich, ob es Sinn macht, die alte Beziehung sofort durch eine neue zu ersetzen. Denn eine gewisse Zeit des Alleinseins und Zu-sich-Kommens kann helfen, eine Trennung zu verarbeiten. Die Trennung von einem langjährigen Partner ist nie einfach und immer mit Schmerzen verbunden, auch wenn man das oft nicht wahrhaben will.

Eine Affäre kann jedoch auch die einmalige Möglichkeit bieten, die Paarbeziehung neu zu beleben. Zugegeben, dieser Prozess ist vor allem für den Betrogenen nicht einfach. Er muss mit seiner Beschämung zurechtkommen, dass der Partner eine andere Person anziehender fand und sich vielleicht auch in diese verliebt hat. Diese Erfahrung kann das Selbstwertgefühl recht erschüttern. Es braucht eine gewisse Zeit, bis der Betrogene seine Selbstachtung wieder findet, die Trauer und Wut über das Fremdgehen des Partners überwinden kann und bereit ist, ihm wieder sein Herz und seine Schlafzimmertür zu öffnen. Dies ist jedoch nur dann möglich, wenn man auch offen ist herauszufinden, inwiefern man die Affäre des Partners – unbewusst – in Kauf genommen oder sogar gefördert hat. Erst wenn man versteht, wie und weshalb man sich vom Partner zurückgezogen hat und sowohl ihn als auch sich selbst in der Beziehung zu kurz kommen liess, kann man sich selbst und dem anderen verzeihen. Wenn dies gelingt, können Liebe und Leidenschaft neu belebt werden. Durch den drohenden Verlust der Beziehung spüren beide wieder klarer, weshalb sie zusammen sind und was sie an der Persönlichkeit des anderen besonders schätzen.

Aussenbeziehung

Wenn Sie oder Ihr Lebensgefährte sich auf eine längere Aussenbeziehung eingelassen haben, steht Ihre Partnerschaft auf dem Spiel. Der Zeitpunkt zur Beendung der Affäre wurde verpasst, und es entwickelte sich eine ernsthafte Nebenbeziehung. Jetzt können Sie nicht mehr sagen: «Mein Partner und ich gehören nach wie vor zusammen, die Affäre war nur ein kurzes Ausbrechen aus dem Ehealltag.» Der andere Mann oder die andere Frau wird zu einer realen Beziehungs-Alternative. Natürlich gibt es diese seltenen Fälle, wo jemand während 20 Jahren ein heimliches Verhältnis mit einem Liebhaber pflegt und dabei doch seine Ehe nie in Frage stellt. Doch die meisten Geschichten verlaufen anders. Die Aussenbeziehung wird, wie bei Mario, entdeckt oder der Fremdgänger entscheidet sich, der Partnerin reinen Wein einzuschenken. Neben dem Verrat an der Intimität der Paarbeziehung will er sie nicht auch noch länger anlügen.

Aus diesem Grund eröffnete Peter seiner Frau Eliane eines Tages, dass er seit drei Monaten eine Affäre mit einer Arbeitskollegin habe. Wenig später meldete er sich für eine Einzeltherapie an. Er suchte einen Ort, wo er in Ruhe und ohne Angst, seine Frau noch mehr zu verletzen, über alles reden und sich so über seine Gefühle klarer werden konnte.

Peter erzählt in der Therapie: «Ich habe die Beziehung zu Nadine nicht bewusst gesucht. Wir kamen ins Gespräch und waren uns sympathisch. Dann schrieben wir ab und zu Mails oder trafen uns zum Mittagessen. Wir verstanden uns wirklich gut und konnten auch über Probleme bei der Arbeit reden. Als ich unseren Lunchtermin einmal absagen musste, trafen wir uns dafür abends bei ihr zu Hause, und so kam es zu Zärtlichkeiten. Wir wehrten uns jedoch dagegen und wollten Schluss machen, bevor wir Sex hatten, aber es gelang uns nicht. Und nun sind wir beide verliebt. Es war mir klar, dass ich Eliane informieren muss. Das Anschwindeln war nicht mehr auszuhalten. Es ist schlimm für mich, zu sehen, wie sie leidet.

Auch ich leide unter der Situation, denn wir sind seit bald 30 Jahren ein Paar – wir lernten uns schon als Teenager kennen. Eliane ist meine grosse Liebe, und doch frage ich mich jetzt: Soll ich sie verlassen und mit Nadine nochmals neu anfangen? Meine Frau will um mich kämpfen, ihre Gefühle für mich sind wieder sehr intensiv. Sie verhält sich auch wirklich super. Sie steht zwar zu ihren verletzten Gefühlen und ihrer Trauer, macht mir aber selten Vorwürfe. Doch die Situation ist für uns beide sehr belastend. Bis in etwa einem Monat soll ich eine Entscheidung fällen.»

Es stellte sich jedoch heraus, dass diese Entscheidung etwas vom Schwierigsten sein würde, was Peter in seinem bisherigen Leben bewältigen musste. Nach einem Monat verlängerte seine Frau die ‹Deadline›. Damit wurde aber deutlich, dass sie ihn weiterhin unter Druck setzte. Schliesslich fällte er einen Kopfentscheid und trennte sich von seiner Freundin. Danach ging es ihm schlecht, er spürte, dass er noch zu sehr an ihr hing. Eliane schlug ihm deshalb vor, er solle eine Zeit lang auswärts wohnen. Peter fand eine gute Übergangslösung bei einem Kollegen. Nach kurzer Zeit nahm er die Beziehung zu Nadine wieder auf. Die räumliche Trennung von seiner Frau wirkte sich einerseits entspannend aus, andererseits stand er immer noch unter Druck. Eliane wollte verständlicherweise endlich wissen, woran sie war. Obwohl Peter Verständnis für ihre Lage hatte, löste diese Forderung bei ihm Widerstand aus. Er wollte sich erst dann entscheiden, wenn er von sich aus dazu bereit war, und war davon überzeugt, dass er nur so wieder offen auf seine Frau zugehen könnte.

Als Eliane klar wurde, dass ihr Mann noch nicht so weit war, wollte sie von sich aus mehr Distanz zu ihm. Zu diesem Zeitpunkt wusste sie seit fünf Monaten von seiner Aussenbeziehung, welche bereits acht Monate dauerte.

Peter spürte nun deutlich, dass er mit seiner Partnerin viel Gutes in seinem Leben verlieren würde. Doch er sah keine andere Möglichkeit, als sich wirklich die nötige Zeit zu nehmen, um seine Entscheidung reifen zu lassen.

Vielleicht denken Sie nun: Da wäre doch ein Ende mit Schrecken für alle Beteiligten besser gewesen! Rational gesehen vielleicht schon.

Peter liebt aber Eliane immer noch und ist sich bewusst, dass er mit der Auflösung dieser langjährigen Partnerschaft einen hohen Preis für die neue Liebe bezahlt. Der Prozess, den alle in diesem Dreieck Beteiligten durchmachen, ist anstrengend und belastend. Niemand spielt dabei leichtfertig mit den Gefühlen des anderen. Peter ist ein verantwortungsbewusster Mensch und im täglichen Leben durchaus entscheidungsfreudig. Aber die Problematik von Aussenbeziehungen ist komplex, und es gibt Situationen, in denen es unmöglich ist, eine rasche Entscheidung zu fällen. Es gibt Paare, die erst nach zweijähriger Trennung wieder zusammenfinden. Deshalb kann es nötig sein, einen Entscheidungsspielraum zu schaffen, der es den Beteiligten ermöglicht, den Alltag ohne ständige Konfrontation mit dem Schmerz zu bewältigen und trotzdem noch einen Spalt in der Türe offen zu lassen.

Jellouschek empfiehlt Paaren, einen bestimmten Zeitraum, in der Regel ein halbes bis ein Jahr, festzulegen, während dem keine definitive Entscheidung über die weitere Form des Zusammenlebens gefällt wird. Die bestehende Partnerschaft wird in diesem Zeitraum weder aufgelöst noch die Aussenbeziehung in eine neue Partnerschaft überführt. Um zusätzliche Verletzungen zu vermeiden, kann sich das Ehepaar vorübergehend trennen oder mit Hilfe klarer Vereinbarungen im gemeinsamen Haus quasi getrennt leben. Damit wird ein Rahmen geschaffen, der genügend Spielraum lässt, um die Hintergründe der Untreue aufzudecken und in Ruhe nach geeigneten Lösungen zu suchen. Falls eine vorübergehende Trennung nicht in Frage kommt, muss über eine Einschränkung der Aussenbeziehung verhandelt werden. Diese kann vom definitiven oder vorläufigen Kontaktverzicht bis zur geregelten Weiterführung der Aussenbeziehung reichen.

Bei Aussenbeziehungen können selten schnelle und einfache Lösungen gefunden werden. Ein Entscheidungs-Moratorium verlangt von den Beteiligten die Bereitschaft, sich vertieft mit sich selbst und der Dynamik in der Paarbeziehung zu befassen. Gelingt dies, kann die Krise einen Entwicklungsschritt für das Paar bedeuten. Wenn beide den tiefen Schmerz und die schneidenden Schuldgefühle ertragen – was in der Tat schwer ist –, dann sind sie in der Lage, diese Entwicklung gemeinsam zu vollziehen. «Es handelt sich um eine seelische Geburt, die ihre Zeit braucht.» (Moeller) Das heisst, beide Partner verstehen und spüren durch die vertiefte Auseinandersetzung mit sich selbst und dem anderen, wie sie in ihrem Verhalten und ihren Gefühlen unbewusst verbunden und somit gleichermassen für die Schwierigkeiten in ihrer Beziehung verantwortlich sind.

Peter und Eliane benutzen die Krise dazu, sich mit ihren Gefühlen, Wünschen und blinden Flecken in einer Therapie auseinander zu setzen. Inzwischen dauert Peters Aussenbeziehung bald ein Jahr. Obwohl Nadine ihm viel bedeutet, gibt es auch in der Beziehung mit ihr Probleme, und ihre Begegnungen sind nicht nur von Freude und Leidenschaft geprägt. So geniesst er auch die beschränkte Zeit, die ihm für sich alleine oder fürs Zusammensein mit Freunden zur Verfügung steht. Das hilft ihm, etwas zur Ruhe zu kommen und seine Situation anzunehmen, ohne sich jedoch den beiden Frauen gegenüber gleichgültig zu verhalten. Er steht dazu, dass er die für ihn nötige Zeit braucht, um zu einer tragfähigen Entscheidung zu gelangen. Es ist klar, dass diese wohl kaum ganz ohne Vorbehalte getroffen werden kann. Doch irgendwann wird das Pendel seiner inneren Überzeugungen, seiner Gefühle und Wünsche deutlich stärker in die eine Richtung schwingen. Dann wird er bereit sein zu handeln. Peter ist sich bewusst, dass er das Risiko eingeht, von einer oder sogar von beiden Frauen verlassen zu werden, bevor er selbst zu einer Entscheidung gelangt ist. Er wird also früher oder später mit einem Verlust konfrontiert werden. Doch wie auch immer sich die Situation entwickeln wird, eines ist sicher: In diesem Prozess lernt er viel über sich selbst – zu welcher Person er sich im Laufe seines Lebens entwickelt hat und was für ihn heute von besonderer Bedeutung ist.

Offene Fragen und Lösungsversuche

Die geschilderten Paare verbindet Folgendes: Sie alle suchen nach Wegen, ihr Leben nach einer Krise wieder auf die Reihe zu bringen. Sei es, dass sie dies in der bisherigen Beziehung tun wollen oder dass eine langjährige Partnerschaft auseinander geht.

Wenn die Eheleute zusammenbleiben wollen, ist es nötig, dass sie die schwierigen Erfahrungen gemeinsam bewältigen und damit auch Raum für Neues in ihrer Beziehung schaffen können. Dies ist möglich, wenn das Paar die Transformation von der Schuldzuschreibung zur gemeinsamen Verantwortung schafft. Nur so können beide aus dem Täter-Opfer-Schema aussteigen. Denn die Festschreibung von Täter und Opfer ist fatal.

Der Betrogene sieht sich selbst als Opfer, dem etwas Unverzeihliches angetan wurde, und macht damit den anderen zum Täter. Es wird ihm so äusserst schwer fallen, die Untreue zu verarbeiten und wieder Boden unter den Füssen zu gewinnen – egal, ob er sich vom Partner trennt oder in der Beziehung bleibt. Denn der andere ist nun der Feind. Eine Aussöhnung mit dem Geschehenen und mit dem Partner wird dadurch verhindert. Und auch die Chance, die eigenen Schwierigkeiten zu sehen und daran zu arbeiten, wird vertan.

Diese Einstellung ist im Zusammenhang mit Untreue noch sehr verbreitet. Die Bilder vom Täter und Opfer, von demjenigen, der betrügt, und dem, der betrogen wird, sind stark in unseren Köpfen und Herzen verankert. Wenn wir sehr verletzt werden, denken und fühlen wir zuerst in diesem Schema. Der hier beschriebene Lösungsansatz bedeutet eine grundlegende Veränderung unserer Ansichten über das Funktionieren von Paarbeziehungen. Hundertprozentige Selbstverantwortlichkeit beider Partner ist gefragt. Ein solcher Weg braucht Zeit, Offenheit und auch die Bereitschaft, sich verunsichern zu lassen.

Trotz alldem ist der Betrogene sehr verletzt und leidet unter der Untreue seines Partners. Es ist verständlich, dass er echt wütend auf den anderen ist und sich zuerst nicht vorstellen kann, ihm jemals verzeihen zu können. Diese Gefühle gilt es auszuhalten, ohne dabei die Entwicklungschance dieser Krise zu vergessen.

Was bedeutet der/die Dritte für unsere Beziehung?

Wenn für einen Partner eine Drittperson wichtig wird, kann das als Auslöser betrachtet werden, der auf eine anstehende Veränderung der bisherigen Partnerschaft hindeutet. Was zusammen (noch) nicht gelingt, wird durch den Umweg über eine andere Person zu lösen versucht.

In seiner Verliebtheit kann der Untreue bisher brachliegende Facetten seiner Persönlichkeit zum Leben erwecken. Da er in der neuen Beziehung eigentlich nichts zu verlieren hat, kann er sich auf eine besondere Weise öffnen. Er erlebt eine Hingabe an den anderen, wie sie ihm noch nie oder schon lange nicht mehr möglich war. Er fühlt sich aus dem Alltag herausgerissen und entdeckt an sich selbst Fähigkeiten, die er bisher nicht kannte. Es leuchtet ein Stück Hoffnung auf, dass sich noch mehr Erfahrungen eröffnen könnten, als man bisher in seinem Leben für möglich gehalten hätte.

Wenn beim Untreuen diese tiefe emotionale Ebene berührt wird, ist die Kränkung für den Betrogenen besonders gross. Der Partner drückt damit aus, dass er seine spielerische Leidenschaftlichkeit in der Ehe nicht mehr ausleben konnte.

Wenn eine Ehefrau erfährt, dass ihr Mann sich mit einer Geliebten eingelassen hat, welche vielleicht ihre sinnliche Hingabe aktiver und selbstbewusster leben kann als sie selbst, tut das weh. Trotzdem muss sie sich fragen: *Lebt die Geliebte vielleicht ihr Frausein auf eine Art, die ich bei mir selbst vernachlässigt habe?* Oder der betrogene Partner erkennt: *Ich habe meine Frau tatsächlich vernachlässigt, weil ich bisher zu vieles für selbstverständlich hielt und ihr zu wenig Wertschätzung entgegenbrachte. Ich nahm mir auch selten Zeit, mit ihr über das zu reden, was sie beschäftigte.*

Das heisst nicht, dass der Betrogene plötzlich ein ganz anderer werden muss, um wieder geliebt zu werden. Denn beide Partner sind gleichermassen dafür verantwortlich, wenn ihr Zusammenleben zu sehr vom Alltag bestimmt wird und zu wenig Spielraum für spontane und lustvolle Begegnungen lässt. Es geht vielmehr darum, dass beide verstehen, wie sich die Beziehung verändert hat und wodurch eine Leere entstanden ist, die nun vom Dritten ausgefüllt wird.

Die Bedeutung des Dritten kann je nach dem zentralen Beziehungsmuster in der Partnerschaft unterschiedlich sein:

Es gibt Frauen oder Männer, die sich ihrem Partner jahrelang zu sehr anpassen. Sie fühlen sich innerlich so wertlos, dass sie dem andern allen Wert geben und ihm wichtige Entscheidungen sowie die Initiative für Gemeinsamkeiten weitgehend überlassen. Der aktive Partner braucht selbst jemanden, der zu ihm aufblickt, sonst würde er sich nichtig fühlen. Wenn der passive Partner sich nun weiterentwickelt und sein Selbstbewusstsein stärkt, lernt er, seine eigenen Bedürfnisse zu vertreten. Falls sich beide neu darauf einstellen und in der angestrebten Gleichwertigkeit eine Wachstumschance sehen, können sie das bisherige, nicht mehr angemessene Beziehungsmuster gemeinsam verändern. Wenn nicht, wird er möglicherweise eine Freundin suchen, die (vorläufig) akzeptiert, dass er führen will. Oder sie verliebt sich in einen Mann, der (vermeintlich) besser auf ihre Bedürfnisse eingehen kann.

Eine andere Frau hat den Anspruch, ideal und fehlerlos zu sein. Doch niemand ist perfekt. Solange sie sich nicht mit ihren Schattenseiten befasst und diese akzeptieren lernt, läuft sie Gefahr, ihr eigenes Ungenügen unbewusst auf den Partner zu projizieren. Dieser trägt dazu bei, indem er das Ungenügen übernimmt und tatsächlich wahr macht. Er verhält sich seiner Partnerin gegenüber sehr unzuverlässig. Die Unzufriedenheit der Frau wächst, und sie sucht sich einen neuen, vermeintlich besseren Mann. Doch wahrscheinlich findet sie wieder einen Partner, der ihr auf Dauer nicht genügen kann, wenn sie sich selbst nicht ändert.

Oder ein Mann kontrolliert seine Frau, weil er nur so genügend inneren Halt spürt. Denn eigentlich hat er Angst, nicht liebenswert zu sein. Er lässt ihr deshalb zu wenig Spielraum, um in der Beziehung sich selbst zu sein, und erwartet vielleicht, dass sie immer zu Hause ist, wenn er von der Arbeit kommt, oder seinen Vorstellungen von Ordnung gerecht wird. Die Frau übernimmt ihren Part, indem sie sich den Beherrschungsversuchen des Partners indirekt verweigert, ohne sich klar von seinen Erwartungen abzugrenzen. Damit lässt sie ihn ins Leere laufen und manchmal fast verzweifeln. So hat letztlich sie Macht über ihn, was sie wiederum vor ihrer eigenen Angst vor dem Ausgeliefertsein schützt.

Ein nun konflikthaftes Beziehungsmuster machte ursprünglich durchaus Sinn: Beide Partner wiederholten damit unbewältigte Konflikte aus der Kindheit und ergänzten sich in ihren unbewusst aufeinander abgestimmten Rollen optimal. Wir haben jedoch den Wunsch, seelisch zu wachsen. Und da eine destruktive Beziehungsdynamik letztlich nicht den erhofften Schutz vor erneuter Verletzung, sondern vielmehr Einengung und seelischen Schmerz bedeutet, wird eine Veränderung irgendwann notwendig.

Sie können die Krise als Anlass nehmen, gemeinsam mit dem Partner Ihr Zusammenspiel so zu verändern, dass offene Begegnung und mehr Zufriedenheit möglich werden. Sie lernen dabei, sich Freiraum zuzugestehen und sich selbstverantwortlich für die eigenen Bedürfnisse einzusetzen sowie auch diejenigen des Partners zu berücksichtigen. Es geht also immer darum, wie es Sie beide in der Beziehung geben kann. Akzeptieren Sie, dass Sie dies zuerst lernen müssen, und erlauben Sie sich eine Veränderung ganz bewusst. Doch dieser Weg zu zweit ist anspruchsvoll. Der Dritte kann so gesehen auch ein Ausweichen vor dieser grossen Herausforderung bedeuten.

Eine neue Beziehung eröffnet Ihnen zwar andere Möglichkeiten, doch mit einem Partnerwechsel allein können Sie keine einschränkenden Beziehungsmuster verändern. Diese werden nach einiger Zeit erneut auftreten; vielleicht in etwas veränderter Form, da der neue Partner ja wiederum das Seine dazu beiträgt. Wenn Sie eine offene und beziehungsvolle Partnerschaft leben wollen, müssen Sie sich so oder so intensiv mit sich selbst, mit früheren Konflikten, aber auch neuen Chancen auseinander setzen.

Peter erzählte, er habe in den letzten Jahren in der Partnerschaft und im Familienleben öfters eine Rolle gespielt, die ihm nicht gefiel. Oft kam er von seiner anspruchsvollen Arbeit ausgepowert nach Hause. Dann brauchte es manchmal nicht viel, und er ärgerte sich laut über Äusserungen seiner Frau oder seiner Kinder.

Stress lässt sich tatsächlich nicht so einfach vor der Haustüre ablegen wie ein Paar Schuhe. Peter und Eliane pflegten zwar eine relativ konstante Sexualität, was in Anbetracht ihres langen Zusammenlebens eine beachtliche Leistung ist. Die erotische Begegnung bot jedoch nicht mehr allzu viel Abwechslung und fand seiner Meinung nach zu selten statt.

Und: Peter reagierte manchmal eher schroff und abweisend, wenn Eliane ein eigenes Bedürfnis äusserte oder einen Vorschlag für eine gemeinsame Unternehmung machte. So mochte er sich selbst nicht mehr. Im Nachhinein versteht er jedoch nicht ganz, weshalb Eliane ihm nicht mehr Paroli geboten hat. Oft liess sie ihn gewähren und versuchte, seine schlechte Stimmung irgendwie auszugleichen. Sie machte sich alleine für die Familienharmonie verantwortlich und forderte ihn zu wenig heraus, seinen eigenen Beitrag für ein gutes Zusammenleben zu leisten. Eliane merkte, dass sie ihrer Ehe längerfristig keinen guten Dienst erwiesen hatte, indem sie ihrem Mann dauernd den Rücken freihielt und Konflikte abfederte. Ihre eigenen Bedürfnisse hatte sie zu wenig klar mit ihm ausgehandelt. Beide spürten, dass sie ihrem Ideal einer harmonischen Beziehung eine gewisse Lebendigkeit und offene Auseinandersetzung geopfert hatten, indem sie den schwierigen Themen gemeinsam aus dem Weg gingen.

Solange die eigenen Idealvorstellungen unbewusst bleiben, können sie nicht hinterfragt werden. Dies ist jedoch nötig, um sich einer Beziehungsrealität zu stellen, die sowohl gut als auch schwierig ist. Peter versuchte vielleicht, dieses Ideal in einer neuen Beziehung wieder zu finden. Inzwischen wurde er auch hier von der Realität eingeholt, denn mit Nadine macht er sowohl schöne als auch schwierige Erfahrungen. Dies ist der Vorteil, wenn man dem Prozess Zeit lässt: Peter sieht nun die Chancen und die Probleme in beiden Beziehungen. Dies kann eine gute Entscheidungsgrundlage schaffen.

Eliane stellte an sich selbst Erstaunliches fest, als ihr Partner von seiner Aussenbeziehung erzählte: Sie zog sich nicht gekränkt zurück, sondern suchte die emotionale und körperliche Nähe zu ihm. Sie wollte ihn nicht verlieren, sondern um die Beziehung kämpfen. Peter war ihr als Mensch nach wie vor sehr wichtig und sie merkte deutlich, dass sie ihn noch liebte. Sie erkannte, dass es auch ihr selbst ein Anliegen wäre, die Paarbeziehung zu verändern und neu zu beleben, falls er sich dazu entscheiden könnte, seine Freundin aufzugeben.

Damit sind die Grundvoraussetzungen geschaffen, um gemeinsam die Verantwortung für die Krise zu übernehmen und die entstandenen Verletzungen zu verarbeiten. Ob Peter mit Nadine eine feste Paarbeziehung eingehen wird oder ob er und Eliane ihre langjährige Partnerschaft in etwas veränderter Form fortsetzen können, wird sich noch zeigen.

Was macht mich eigentlich verliebt?

Wenn zwei Menschen verliebt sind, möchten sie dieses wunderbare Gefühl einfach geniessen können. Sie wollen sich dem anderen ganz hingeben und die Welt rundherum vergessen. Es ist schön, wenn ein frischverliebtes Paar diese erste gemeinsame Zeit voll auskosten kann. Die leidenschaftliche Nähe zum anderen schafft einen Boden, auf dem eine langjährige Liebesbeziehung aufgebaut wird, an die sich beide gerade in schwierigen Zeiten wieder zurückerinnern können.

Doch im Zusammenhang mit Untreue ist das komplizierter. Die Nebenbeziehung ist meist zeitlichen Grenzen unterworfen. Sie müssen darauf achten, dass der Partner nicht misstrauisch wird, weil Sie dauernd weg sind. Oder er/sie weiss über die Affäre Bescheid, leidet aber jedes Mal sehr darunter, wenn Sie sich mit Ihrer/Ihrem Geliebten treffen. Die Unmöglichkeit, so oft zusammen zu sein, wie es beide möchten, wirkt wie Öl im Feuer der Verliebtheit. Durch äussere Beschränkungen brennt die Leidenschaft umso intensiver.

Verbotene Früchte schmecken süss, das wissen wir alle. Im Verliebtsein spüren Sie die Sehnsucht, Ihre erotischen und emotionalen Bedürfnisse ohne Einschränkungen leben zu können.

Daneben belasten Sie wahrscheinlich Schuldgefühle Ihrem Partner gegenüber. Diese sind angemessen, da Sie ihn wirklich verletzen und zudem Ihre positive Energie nur noch begrenzt in die Partnerschaft einbringen.

Es ist sinnvoll, sich zu fragen: *Welche seelischen Eigenschaften des Geliebten machen mich verliebt?* Dadurch nehmen Sie vielleicht die Emanzipationschance durch die Verliebtheit wahr. Dieses besondere Gefühl versetzt Sie in die Lage, Körper und Seele im Hier und Jetzt als lebendige Einheit zu erfahren. Diese sensiblere Wahrnehmungsfähigkeit kann Ihnen Hinweise dafür geben, wie Sie bisher vernachlässigte Aspekte Ihrer Persönlichkeit entwickeln könnten. Sie erkennen beim anderen Verhaltensweisen, die sie selbst auch gerne mehr leben würden. So können Sie durch die Verschmelzung mit dem Geliebten vorübergehend ein sonst unerreichbares Ideal-Selbst erfahren.

Doris fühlte sich von ihrem Geliebten hauptsächlich darum angezogen, weil dieser aktiv um sie warb und ihr so das Gefühl gab, für ihn ein wertvoller Mensch zu sein. Dieses Umworbenwerden genoss sie sehr, weil sie das bei ihrem Mann nur noch selten erlebte: «Das Gefühl, als besonderer und wertvoller Mensch gesehen zu werden, hat mir oft gefehlt. Als Kind wurde mein So-Sein zu wenig positiv gespiegelt, um dieses grundlegende Selbstvertrauen aus mir heraus schöpfen zu können. Deshalb habe ich wohl unbewusst von meinem Ehemann erwartet, dass er mir diese Bestätigung geben sollte. Es reichte jedoch nicht, um meine innere Leere auszufüllen, und so erhoffte ich dies von meinem Geliebten. Nun weiss ich, dass ich dafür selbst verantwortlich bin, indem ich mich selbst lieben lerne. Ich will meine Stärken bewusst schätzen und meine Schwächen akzeptieren.»

Ob Sie mit dem Geliebten eine neue Beziehung aufbauen oder sich nach einer Affäre wieder von ihm trennen, im Kontakt mit ihm gilt dasselbe wie bei Ihrem Lebenspartner: Durch den anderen können Sie nicht ganz werden. Er kann nichts ersetzen, das Ihnen selbst fehlt. Doch durch die Begegnung mit ihm erfahren Sie vielleicht, welche Eigenschaften Sie bei sich selbst noch mehr entwickeln könnten.

Was mache ich mit meinen Schuldgefühlen?

Die Verliebtheit in einer Affäre oder Aussenbeziehung wird immer wieder durch nagende Schuldgefühle dem Partner gegenüber getrübt. Sie hindern Sie daran, die Affäre unbeschwert auskosten zu können. Es ist jedoch nötig, sich diesen Schuldgefühlen zu stellen, denn sie zeigen auf, dass Sie sich durch Ihre Untreue tatsächlich schuldig machen. Ihr Fremdgehen setzt die bisherige – oft unausgesprochene – Vereinbarung mit dem Partner, sich sexuell und emotional treu zu bleiben, ausser Kurs.

Peter erzählt: «Wie sehr ich das Zusammensein mit meiner Freundin auch geniesse: Jedes Mal, wenn ich ihre Wohnungstüre hinter mir schliesse, habe ich schreckliche Schuldgefühle meiner Frau gegenüber.»

Wie andere Fremdgänger ist auch er kein gefühlloses Monster, dem es nichts ausmacht, seiner Frau wehzutun. Im Gegenteil, dieser Aspekt der Untreue belastet ihn sehr. Als er noch zu Hause wohnte, war es besonders schwierig, sich von der Freundin zu trennen und kurz darauf seiner Partnerin zu begegnen. Unterdessen fällt es ihm auch umgekehrt schwer: nach einem guten Gespräch mit seiner Frau gleich die Freundin zu treffen. Dies macht ihm klar, dass es auf Dauer so nicht weitergehen kann. Er muss sich irgendwann für die eine und gegen die andere Frau entscheiden. Doch nur wegen seiner Schuldgefühle kann er sich nicht von Nadine trennen.

So geht es auch anderen Betroffenen: Die Schuldgefühle sind zwar schwer zu ertragen, doch eine tragfähige Entscheidung kann erst dann gefällt werden, wenn man spürt, dass sie für einen selbst stimmt, und nicht nur, weil man den Partner nicht mehr länger verletzen möchte.

Bei Mario deckten sich diese beiden Aspekte vielleicht gerade deshalb, weil er die Aussenbeziehung vor seiner Frau verheimlicht hatte, bis sie ihn schliesslich erwischte. Durch die monatelange Verheimlichung hatte er sich zusätzlich schuldig gemacht und das Vertrauen seiner Partnerin missbraucht. So sah er auch für sich selbst nur die sofortige Beendigung der Affäre, denn er wollte alles tun, um seine Ehe zu retten. Seine diesbezügliche Entschlossenheit half ihm wohl, die andere Frau loslassen zu können.

Auch der Gedanke, seine Kinder durch die Affäre einer grossen Verunsicherung auszusetzen, kann Schuldgefühle auslösen. Diese sind angebracht, denn Kinder können nicht mitentscheiden, ob es zu einer Trennung der Eltern kommt oder nicht. Und die allermeisten – egal ob sie noch klein oder beinahe erwachsen sind – wünschen sich das nicht. Durch eine Trennung der Eltern wird ihr bisheriges Leben ungewollt umgekrempelt, und manchmal verlieren sie den regelmässigen Kontakt zu einem Elternteil. Eine Kampfscheidung mit Sorge- und Besuchsrechtkonflikten kann den Kindern wirklich den Boden unter den Füssen wegziehen. Wenn Sie auseinander gehen, ist es ratsam, mit Hilfe einer Mediation nach einvernehmlichen Lösungen zu suchen, damit die Kinder nicht noch zusätzlich belastet werden.

Eine Freundin sagte mir: «Obwohl ich meinen Partner liebe, habe ich in schwierigen Zeiten auch schon an Trennung gedacht. Dann sagte ich mir: Meine Kinder haben es nicht verdient, dass ich aufgebe. Dies gab mir wieder die nötige Kraft, anstehende Beziehungskonflikte anzusprechen und zu klären.»

Doch vielleicht empfinden Sie zusätzliche Schuldgefühle, die nicht angemessen sind und Sie unnötig belasten. Diese werden durch die Untreue zwar aktualisiert, sind aber mehr mit der Schwierigkeit verknüpft, sich selbst zu lieben. Denn für die eigenen Wünsche aktiv einzustehen, ist für viele Menschen mit einem unbewussten inneren Verbot verknüpft. Erst recht, wenn es um Erotik geht.

Im Laufe des Lebens lernten Sie, Ihre Pflichten zu erfüllen, aber weniger, seelische Bedürfnisse genauso ernst zu nehmen. Diese innere Einschränkung können Sie angehen, indem Sie sich Ihre Wünsche nun bewusst zugestehen und damit verbundene Schuldgefühle zurückweisen. Natürlich müssen Sie danach noch mit Ihrem Partner aushandeln, wieweit er auf Ihre Wünsche eingehen kann. Nur so kann es beide geben. Aber sich selbst zu lieben, heisst nicht, sich gegenüber jemand anderem schuldig zu machen. Es kann entlastend sein, solche unnötigen Schuldgefühle zu erkennen und sich bewusst von ihnen abzugrenzen. Folgende Fragen können helfen, Ihren tieferen Schuldgefühlen nachzugehen:

Bringe ich meine Bedürfnisse in die Beziehung ein, oder hindert mich ein inneres Verbot daran, zu mir selbst und zu meinen Wünschen zu stehen?

Darf ich Zuneigung und Leidenschaft nur dann erleben, wenn ich mich gleichzeitig (meinem Partner gegenüber) schuldig mache?

Schützt mich diese reale Schuld davor, meine inneren kindlichen Schuldgefühle wahrzunehmen und zu bearbeiten?

Fällt es mir leichter, meine Wünsche ausserhalb auszuleben, weil ich dort weniger zu verlieren habe?

Wäre das Neue auf Dauer wirklich besser?

Das Verbotene lässt die andere Person immer besonders attraktiv erscheinen. Und wir wissen, dass weder der bisherige noch ein neuer Partner eine alte Verletzung in Ihrer Seele heilen kann. Das müssen Sie selbst tun. Wenn Sie an die beschriebenen Wiederholungen von Beziehungsmustern aus der Herkunftsfamilie mit dem aktuellen Partner denken, wird verständlich, dass Sie auch mit dem Geliebten irgendwann wieder an diesen Punkt gelangen werden.

Die Erkenntnis, dass unsere Sehnsucht nach dem *Ganzwerden durch ein Du* niemals gestillt werden kann, beinhaltet eine Tragik, die uns alle betrifft. Erlauben Sie sich darüber zu trauern, dass Sie – auch wenn Sie erfüllende Begegnungen mit andern Menschen erleben – letztlich doch alleine sind und bleiben.

Durch die schwierige Auseinandersetzung mit der Krise sind Sie seelisch gereift. Das hilft Ihnen, alte Beziehungsmuster klarer zu erkennen und sich davon abzugrenzen. So wird es möglich, Ihren Verhaltensspielraum auf konstruktive Weise zu erweitern. Wenn Sie diesen Weg weitergehen, haben Sie gute Chancen, eine offene und emotional nährende Beziehung zu leben – sei es nun mit dem bisherigen oder mit dem neuen Partner. Doch zwischen den beiden gibt es Unterschiede, die Ihre Entscheidung beeinflussen könnten:

Mit Ihrem/r PartnerIn verbinden Sie wichtige gemeinsame Jahre. Sie haben miteinander etwas aufgebaut und sich zusammen weiterentwickelt. Dies ist vielleicht nicht die erste Krise, die Sie durchstehen müssen. Obwohl Sie beide selbständig denkende und handelnde Individuen sind, fühlt es sich manchmal so an, als sei der andere ein Teil von Ihnen geworden.

Ihn loszulassen heisst auch, sich selbst (wieder) neu finden zu müssen. Deshalb kann es sich lohnen, sich mit folgenden Fragen zu beschäftigen: *Wie bringe ich meinen Partner immer wieder dazu, mir nicht zu geben, was ich in der Beziehung brauche? Was kann ich verändern, damit es ihm möglich wird, mehr auf mich einzugehen?*

Doris versucht in diesem Sinne, sich selbst besser zu verstehen. Sie weiss, dass sie die Beziehung zu Max nur dann verbessern kann, wenn sie ihm nicht die Schuld für die Distanz zwischen ihnen zuschiebt. Also versucht sie zu verstehen, weshalb es ihr so schwer fällt, emotionale Nähe zwischen ihnen herzustellen und aufrechtzuerhalten. Indem sie die Verantwortung für sich selbst übernimmt, kann sie ihren Mann eher dafür gewinnen, auch wieder mehr Zeit und Gefühle in die Ehe zu investieren.

Falls Sie sich jedoch emotional sehr stark voneinander entfremdet haben oder häufiger Streit Ihre Beziehung vergiftet, ist das Verbindende zwischen Ihnen verschüttet. Dann verspricht ein Neuanfang mit der/m Geliebten vermutlich mehr Erfüllung und die Möglichkeit, zu sich selbst zu kommen. Allerdings wissen Sie, dass Sie Ihre eigenen Probleme mit der Trennung nicht einfach so loswerden. Und: Sie sind in einer neuen Partnerschaft genauso gefordert, an der eigenen Beziehungsfähigkeit zu arbeiten und allfällige Konflikte aktiv anzugehen.

Sicher spielt bei Ihrer Entscheidung auch die Sexualität eine wichtige Rolle. Wahrscheinlich ist die erotische Begegnung mit dem Geliebten leidenschaftlicher und spontaner als diejenige mit Ihrem Partner. Das Spannende am intimen Kontakt mit einer noch wenig bekannten Person ist ja, dass man sich selbst auch wieder neu entdecken kann. Der Schrank mit den vielen Schubladen, in die wir Äusserungen des Partners oft allzu schnell ablegen und dem anderen damit ein bestimmtes und immer gleiches Verhalten zuschreiben, bleibt noch eine Zeit lang verschlossen.

Doch vielleicht spüren Sie trotz der momentan so prickelnden Erotik, dass der Geliebte in gemeinsamen Gesprächen selten Ihre Gedanken, Gefühle und Wertvorstellungen teilt. Nehmen Sie dieses Gefühl ernst, denn das Störende nehmen Sie nach der ersten Verliebtheit eher stärker wahr.

Wenn Sie jedoch sowohl den bisherigen Partner als auch den Geliebten als offene und emotional berührbare Menschen schätzen, stehen Sie vor einer wirklich schwierigen Entscheidung, die Ihnen niemand abnehmen kann.

Es ist nicht möglich, genau vorherzusehen, wie sich die neue Beziehung entwickeln wird, wenn nach ein bis zwei gemeinsamen Jahren die Schmetterlinge wieder weggeflogen sind und der gemeinsame Alltag eingekehrt ist. Doch auch die alte Beziehung bietet nach dieser Krise nicht mehr die gewohnte Sicherheit. Ihnen ist bewusst, dass Sie einiges an Ihrem Zusammenleben verändern müssen, Sie wissen aber noch nicht genau, wie.

Verbaue ich mir eine neue Chance, wenn ich bei dir bleibe?

Wenn Sie bei Ihrem Partner bleiben, vergeben Sie sich die momentane Chance, nochmals eine Liebesbeziehung ganz neu aufzubauen. Nur Sie selbst können entscheiden, ob diese neue Lebensperspektive es wert ist, die bisherige Beziehung zu beenden. Vielleicht ist es so, dass Sie am Aufbruch mehr die Aussicht auf Unabhängigkeit reizt als der neue Liebespartner. Dann wäre zu prüfen, ob Sie

Ihre Partnerschaft so zu verändern mögen, dass mehr Eigenständigkeit innerhalb dieser Beziehung möglich wird. Nach der Krise können ja weder Sie noch Ihr Partner einfach weiterleben, als wäre nichts geschehen. Wenn Sie bleiben, ist es wichtig, dass Sie bleiben wollen und nicht aus einer resignierten Haltung heraus den Weg des geringsten Widerstands gehen. Hier ein paar Fragen und Denkanstösse, die beiden Partnern Anregungen geben können: *Gebe ich dem Partner die alleinige Schuld für unsere Beziehungskrise? Nehme ich das, was er sagt und tut, gegen mich und fühle mich von ihm schlecht behandelt und ungeliebt? Könnte es sein, dass er ein enttäuschender Partner sein muss, damit ich mich als die/der Bessere fühlen kann? Beurteile ich seinen Ärger als persönlichen Angriff und seine Distanzierung als Feigheit? Sehe ich nur noch seine Unzulänglichkeiten?*

Diese Fragen machen deutlich: Sie verbauen sich eine Chance, wenn Sie so bei Ihrem Partner bleiben. Denn Sie können Ihr Zusammenleben nur dann entscheidend verbessern, wenn beide Partner erkennen, wie sie ihre Probleme gemeinsam verursachen.

Die Haltung der einseitigen Schuldzuschreibung aufzugeben und sich selbst mit diesen Fragen zu konfrontieren, ist etwas vom Allerschwierigsten. Es ist jedoch der einzige Weg, der längerfristig eine gute Beziehung verspricht. Wenn Sie es also schaffen, bei Konflikten zuerst auf sich selbst zu schauen, und Ihrem Partner dieselbe Fähigkeit zutrauen, ist es vielleicht sinnvoll, zu bleiben. Denn diese grundlegende Veränderung der Sichtweise ist Ihre grosse Chance.

Wenn Sie darauf vertrauen, dass sich nach einiger Zeit der Schmerz, die Kränkung und die Wut Ihres Partners über Ihre Untreue verringern und er Ihnen verzeiht, kann sich Ihre Beziehung von dieser Krise erholen.

Wenn Sie zudem gute Gespräche führen, sich für die Gefühle und Gedanken des Partners interessieren und sich von ihm in wichtigen Dingen verstanden und unterstützt fühlen, ist die Beziehung wahrscheinlich zu wertvoll, um sie für etwas Neues aufzugeben.

Falls Sie also die nötigen Veränderungen gemeinsam anpacken, haben Sie eine gute Chance, zusammenzubleiben. Es ist die Fähigkeit, sich zu ändern, die aus einem Frosch einen Prinzen (eine Prinzessin) macht.

Will ich ihn/sie überhaupt noch?

Wenn Sie erfahren, dass Ihr Partner fremdgeht, sind Sie verständlicherweise zuerst einmal geschockt und fühlen sich zutiefst verletzt. Doch jeder reagiert etwas anders: wüten, toben, schreien, und/oder vor lauter Verzweiflung Dinge herumwerfen oder aber gar keine Gefühle zeigen, innerlich erstarren und sich vom Partner zurückziehen. Lassen Sie lieber nach dem ersten Schock Ihre Gefühle zu – falls nötig, verlassen Sie den Raum – und suchen nach dem Sturm das Gespräch mit dem Partner. Finden Sie heraus, was Sie brauchen, um Ihr inneres Gleichgewicht wieder einigermassen herzustellen. Dabei stellen Sie sich wohl auch die Frage: *Will ich jetzt überhaupt noch mit ihm/ihr zusammenleben?*

Auch hier gibt es unterschiedliche Reaktionen: Für Eliane war klar, dass sie um Peter kämpfen wollte, und sie fühlte sich ihm durch die offenen Gespräche wieder sehr nahe. Dies wohl auch, weil ihr bewusst war, dass sie ihren Partner wirklich verlieren könnte.

Lisa hingegen hätte ihren Mann zuerst am liebsten gleich aus dem Haus geworfen. Andererseits merkte sie bald einmal, dass sie ihn trotz allem noch liebte. Doch die Verletzung war damit nicht geheilt. Nachdem das Paar bereits einige Zeit in Therapie gewesen war und versucht hatte, die Krise gemeinsam zu verarbeiten, machte sie ihrem Partner den Vorschlag, er solle für eine beschränkte Zeit von zu Hause ausziehen. Sie wollte einfach wissen, wie es ihr ohne ihn gehen würde und ob sie es durch die räumliche Distanz eher schaffen könnte, ihm zu verzeihen. Mario zog also für sechs Wochen zu einem Kollegen. Lisa ging es während dieser Zeit recht gut. Sie konnte tatsächlich etwas mehr innere Distanz zu dieser Krise gewinnen. Manchmal vermisste sie ihren Mann auch und freute sich auf seine Rückkehr.

Auch Miguel zog für kurze Zeit zu einem Freund, nachdem er erfahren hatte, dass Sara in ihren Kollegen verliebt gewesen war. Obwohl sie ihm nicht sexuell untreu gewesen war, fühlte er sich verraten und musste sich klar werden, ob er mit Sara zusammenbleiben wollte. Er nutzte die Trennung, um sich selbst Gedanken zu machen, wie er die Beziehung in Zukunft aktiv mitgestalten könnte. Inzwischen kann er die Bedürfnisse seiner Frau nach emotionaler Nähe besser verstehen, aber auch eigene Wünsche klarer äussern. Er will sich mehr einbringen und öfters mit Sara reden, aber auch von ihr akzeptiert werden als ein Mann, der halt emotional eher zurückhaltend ist und nicht immer gleich das Gespräch sucht.

Manchmal kann es helfen, wenn der Partner nach einer grossen Verletzung eine Zeit lang von der Bildfläche verschwindet. Beide finden etwas Ruhe und stellen vielleicht fest, dass sie den Lebensgefährten doch vermissen. Ein kurzes Time-out kann das Neu-aufeinander-Zugehen durchaus erleichtern.

Den Fremdgänger ohne sein Einverständnis aus dem Haus zu werfen, ist nicht empfehlenswert. Denn dies geschieht oft aus Rachegefühlen und schafft nur noch zusätzliche Wunden. Die Erleichterung, es dem anderen gezeigt zu haben, befreit den Betrogenen letztlich nicht von seiner Kränkung, sondern fügt dem untreuen Partner ‹nur› eine grosse Verletzung zu. Für ihn wird es sehr schwierig, nach einem Rauswurf wieder zur Partnerin zurückzukehren, denn er möchte ja trotz allem sein Gesicht nicht verlieren.

Ein Time-out wird jedoch nach gegenseitiger Absprache von beiden beschlossen. Das Paar einigt sich darauf, wie lange die vorübergehende Trennung dauern soll und ob eine Verlängerung möglich ist, falls ein Partner noch etwas mehr Zeit braucht. Das zeitlich begrenzte Time-out macht deutlich, dass das Paar momentan noch keinen definitiven Beschluss über Trennung oder Wieder-Zusammenkommen treffen kann. Es ist ratsam, in einer akuten Krise keine weitreichenden Entscheidungen zu fällen, sondern sich bewusst Zeit dafür zu lassen.

Nach einem ein- bis ca. fünfmonatigen Time-out sind viele Paare eher wieder bereit, es nochmals miteinander zu versuchen. Dies vor allem dann, wenn der untreue Partner seine Aussenbeziehung inzwischen aufgegeben hat. Ist dies nicht so, muss vielleicht eine längere Trennung ermöglicht werden, um so einen längeren Entscheidungsspielraum zu schaffen.

Mit einem muss man jedoch rechnen, wenn man zwischen zwei Frauen bzw. zwischen zwei Männern steht: Die Zeit hat ihre eigene Dynamik, und es könnte sein, dass Ehepartner/in und Geliebte/r irgendwann von sich aus eine Entscheidung fällen. Je länger die Dreiecksbeziehung andauert, desto grösser wird die Gefahr, dass man schlussendlich alleine dasteht.

Wie war ich selbst untreu?

Falls Ihr Partner Sie betrogen hat, möchten Sie auf diese Frage vielleicht etwas verärgert entgegnen: «Also bitte, jetzt erlebe ich gerade die schrecklichste Zeit meines Lebens und nun soll ich auch noch Schuld auf mich nehmen? Alles, was recht ist, aber mein Partner ist schliesslich fremdgegangen und nicht ich!»

Ihre Empörung ist durchaus verständlich. Wenn Sie erst seit kurzem über die Affäre Bescheid wissen, ist diese Frage etwas verfrüht; zuerst müssen Sie Ihrer Wut und Trauer genügend Raum geben.

Natürlich trägt Ihr Partner die Verantwortung für seine Untreue und auch dafür, dass er Sie sehr verletzt hat. Doch wenn Sie die Krise gemeinsam bewältigen wollen, müssen Sie sich damit befassen, wie Sie selbst unbewusst und ungewollt zu seiner Untreue beigetragen haben. Diese ehrliche und schonungslose Selbstkonfrontation ist nötig, damit Sie Ihrem Lebensgefährten schliesslich verzeihen können.

Wenn Sie Ihrem Partner zum Beispiel während längerer Zeit zu wenig Wertschätzung für seinen Beitrag zum gemeinsamen Leben entgegenbringen, ist er irgendwann so frustriert, dass er diese Bestätigung ausserhalb sucht. Wenn Sie ihm zudem vermitteln, dass er Ihren Ansprüchen nicht genügen kann, hat er einen Grund mehr, sich eine Geliebte zu suchen, die ihm das Gefühl gibt, attraktiv und interessant zu sein.

Um diesen Fragen auf den Grund zu gehen, ist es sinnvoll, den Begriff der Untreue über die sexuelle Untreue hinaus zu erweitern. Dazu gehören in einer Paarbeziehung Unehrlichkeit, emotionaler und körperlicher Rückzug, ausweichen, den anderen nicht ernst nehmen, ihn entwerten anstatt wertzuschätzen usw. Diese alltäglichen Formen des Verrats sind schwerer zu fassen als das Drama der sexuellen Untreue. Oft waren beide Partner einander bereits auf diese Weise untreu, bevor einer schliesslich fremdging. So wurde der Boden für die sexuelle Untreue gemeinsam ‹vorbereitet›. In der Regel wird man erst durch Enttäuschungen und seelische Untreue offen für den Schritt zur sexuellen Untreue. Und manchmal ist es eher eine Frage des Zufalls, wer von beiden mit jemand anderem ins Bett geht.

Möglicherweise empfinden Sie dies als Zumutung, falls Sie gerade von Ihrem Partner betrogen werden. Tatsächlich wird mit dieser Sichtweise beiden Partnern viel Selbstverantwortung zugemutet. Die offene Konfrontation mit dem Zusammenspiel in der Beziehung schafft jedoch die Basis für die Versöhnung und für einen gemeinsamen Neubeginn. Wenn dies Ihr Ziel ist, führt kein Weg daran vorbei. Und: Lassen Sie sich Zeit. Das Verständnis für Ihr Verhalten in der Krise und für die Paardynamik muss zuerst wachsen. Versuchen Sie herauszufinden, welches Gesicht die Untreue in Ihrer Beziehung hat und wie Sie beide dazu beitragen.

Die Untreue von Max gegenüber seiner Frau scheint auf den ersten Blick klar ersichtlich: Er pflegte bereits seit längerem eine für ihn wichtige Beziehung zu einer Freundin. Max trifft diese Frau zwar selten, doch sie telefonieren fast täglich miteinander. Doris vermutet, dass ihr Mann in diesen Telefongesprächen mehr Persönliches offenbart als zu Hause am Küchentisch oder im Schlafzimmer. Gerade diesen beständigen emotionalen Austausch vermisst sie in ihrer Partnerschaft und sucht ihn auch ausserhalb, was bei ihr nun auch zur sexuellen Untreue führt.

Da Max jedoch für eine Ehe einsteht, neben der auch freundschaftliche oder sogar erotische Beziehungen zu Menschen des anderen Geschlechts Platz haben sollen, schätzt er sein Verhalten nicht als Untreue ein. Seine Sichtweise ist nachfühlbar: Gute Freundschaften zu anderen Männern oder Frauen können durchaus eine Bereicherung für die Beziehung sein. Und doch sollte Max sich überlegen, wie er Doris durch seine zeitweilige emotionale Unnahbarkeit zu kurz kommen lässt.

Der gemeinsame Nenner bei Max und Doris könnte also die Schwierigkeit sein, ihre Seele dem anderen zu öffnen und sich damit verletzlich zu zeigen. Gegenseitige Treue bedeutet für sie, die emotionale Nähe zueinander immer wieder bewusst zu suchen. Dazu müssen beide innere Widerstände überwinden. So realisierte Doris, dass sie Max wohl nicht zufällig als Partner gewählt hatte. Sie liess die Erkenntnis zu, dass sie auch ihre Mutter als emotional verhaltene Person erlebt, mit der sie bis heute nur oberflächliche Gespräche führen kann. Ihre Mutter hat tatsächlich nie gelernt, auf die Gefühle der Tochter einzugehen und offen an ihrem Leben Anteil zu nehmen. Auch Max' Eltern hörten ihrem Sohn selten auf eine Art und Weise zu, die signalisierte: Wir möchten erfahren, was du denkst und fühlst. Es geht nun nicht darum, ihren Eltern die Schuld zuzuschieben bzw. die Verantwortung für ihr weiteres Leben. Es geht darum, den eigenen Rucksack bewusst anzuschauen und dadurch sich und den Partner besser zu verstehen.

Max und Doris hatten in ihrer Kindheit Ähnliches erlebt: Die Eltern waren zufrieden mit ihnen, weil sie deren unausgesprochenen Ansprüche erfüllten. Beide waren ziemlich pflegeleichte Kinder, also gestalteten sie auch ihre Ehe so, dass vor allem das gute Funktionieren wichtig war: Max machte Karriere, das Paar bekam zwei süsse Kinder und kaufte sich ein Haus.

Dieser funktionale Aspekt einer Beziehung steht für viele Paare gerade während der Phase der Familiengründung im Vordergrund. Auch die Beziehungsgestaltung in den Herkunftsfamilien von Max und Doris ist vielen Menschen aus eigener Erfahrung bekannt. Die emotionale Nähe zum andern immer wieder zu suchen, ist etwas, das viele Leute erst lernen müssen. Denn die Generation unserer Eltern hatte noch nicht diese hohen Ansprüche an eine langjährige und verschiedene Lebensbereiche abdeckende Intimität zwischen den Partnern.

Heute wünschen sich viele Frauen und Männer mehr Nähe und offene, persönliche Gespräche in einer Liebesbeziehung. Es ist sinnvoll, sich bereits vor einer Krise zu fragen: *Bin ich mir selbst und dem anderen treu, indem ich mich meinem Partner als die Person zeige, die ich wirklich bin, mit meinen Wünschen, Hoffnungen, Ängsten; mit meinen Ecken und Kanten? Und sehe ich auch ihn als den Menschen, der er ist, und nicht als den, der er für mich sein sollte?*

Um diese Fragen mit Ja zu beantworten, ist Verständnis für sich selbst und den Partner nötig: dafür, welche Menschen Sie beide durch Ihre besondere Geschichte geworden sind; aber auch dafür, wie Sie sich weiterentwickeln werden – wer Sie also morgen sein können.

Was bringt mir die Untreue meines Partners?

Auch diese Frage lässt Sie vielleicht vorerst empört den Kopf schütteln. Doch inzwischen wissen Sie, dass es hier nicht um Schuldverteilung geht, sondern darum, wie beide Partner die volle Verantwortung für sich selbst und ihren Beitrag zur Krise übernehmen können. Dies ist zugegeben keine einfache Sache. Ob Sie nun fremdgegangen sind oder nicht, Sie müssen sich intensiv mit Ihren eigenen Bedürfnissen, Gedanken und Gefühlen auseinander setzen. Denn die Affäre des Partners kann für den Betrogenen auch eine Art Gewinn darstellen, und dies gilt es zu verstehen.

Solange Sie die Probleme nur beim Partner und nicht in Ihrem Zusammenspiel sehen, hat er sich allein schuldig gemacht, während Sie Opfer seiner egoistischen Selbstbezogenheit wurden. Seine Untreue gibt Ihnen also die Möglichkeit, sich selbst als unschuldig und fehlerfrei zu betrachten. Dieser Wunsch ist zwar verständlich, bringt Sie jedoch nicht weiter. Versuchen Sie stattdessen zu entdecken, wie diese Krise auf eine anstehende Entwicklung in der Beziehung und auch auf eine Emanzipationschance für Sie als Einzelperson hinweisen kann.

Wenn Sie als Paar zusammenbleiben wollen, müssen Sie einen Weg finden, die Beziehung so zu verändern, dass sich beide wieder geborgen, geliebt und respektiert fühlen. Wenn Sie sich dieser Aufgabe stellen, werden Sie unweigerlich auch mit der Frage konfrontiert, was Sie in Ihrem Leben verändern möchten. Und genau dies könnte der positive Gewinn sein: Sie lernen, mehr zu sich selbst und Ihren Wünschen zu stehen und dabei persönlich zu reifen.

Für Eliane und Lisa war die Krise ein Auslöser, um eine berufliche Weiterentwicklung zu wagen. Eliane konnte ihre Teilzeitanstellung und ihr Aufgabengebiet erweitern. Lisa spürte das Bedürfnis, etwas unabhängiger zu sein und neben Haushalt, Mann und Kindern einen eigenen Tätigkeitsbereich zu haben. Durch ihre Entschlossenheit fand sie rasch eine spannende Teilzeitstelle. Zwar ist sie nun stark gefordert, doch sie bereut ihre Entscheidung nicht, da sie auch viel neue Energie gewinnt.

Männer ziehen aus der Untreue der Partnerin oft eher auf seelischer Ebene einen ‹Gewinn›. Sie befassen sich nun intensiver mit ihren eigenen Gedanken, Gefühlen und Bedürfnissen. Das gibt ihnen die Möglichkeit, ein bisher brachliegendes Feld ihrer Persönlichkeit zu beackern und neu zum Blühen zu bringen.

Max lernte durch die Affäre seiner Frau, sich mehr in ihr Bedürfnis nach Gemeinsamkeit einzufühlen. So sieht er für sich selbst eine Chance, den Job nicht immer an die oberste Stelle seiner Prioritätenliste zu setzen. Er kann heute einen Wochenend-Spaziergang mit Doris geniessen, ohne an die unerledigte Arbeit zu denken, und auch wieder mehr Zeit mit seinen Kindern verbringen.

Miguel lernte, den Wunsch nach emotionalem Austausch von Sara zu verstehen, und findet so mehr Zugang zu seinen eigenen Gefühlen.

Dem Partner und sich selbst verzeihen

Wenn Sie als Paar zusammenbleiben wollen, ist die bewusste Entscheidung zu verzeihen nötig. Denn wer nachtragend ist, hat zu viel zu schleppen. Doch eine versöhnliche Haltung muss reifen können und braucht Zeit. Falsche Versöhnlichkeit ist nicht angebracht. Wenn sich der Partner durch Ihr Verhalten verletzt fühlt, ist es wichtig, diese Tatsache ernst zu nehmen. Sie können seinen Schmerz nicht dadurch ungeschehen machen, dass Sie sagen: «Ich wollte dir nicht wehtun!» Auch wenn Sie es nicht absichtlich und schon gar nicht böswillig getan haben, ist es doch so. Man kann Verletzungen nicht dadurch heilen, dass man sie ‹wegsteckt›. Es ist vielmehr notwendig, die verletzten Gefühle zuzulassen und den Schmerz auszuhalten.

Auch Rachegedanken sind dabei normal. Man möchte, dass der andere genauso leidet, wie man selbst leiden muss. Vielleicht denkt man sich sogar aus, was man ihm antun könnte, damit er wirklich spürt, was er angerichtet hat. Verurteilen Sie sich nicht für solche Gedanken und Gefühle. Teilen Sie diese dem Partner ruhig mit: «Ich fühle mich so verletzt durch deine Untreue, dass ich am liebsten losgehen und auch mit jemand anderem schlafen würde. Ich möchte, dass es dir genauso dreckig geht wie mir!» Das Aussprechen solcher Gedanken kann helfen, die Rache gerade nicht zu vollziehen. Denn Rache ist nicht süss, sie heilt keine verletzten Gefühle. Es wäre sogar fatal, wenn Sie nur mit einer anderen Person Sex hätten, um sich etwas besser zu fühlen. Dabei ginge es weniger um Sie und Ihre Wünsche als darum, dem Partner auch Schmerz zuzufügen. Und die dritte Person könnte sich als Objekt Ihrer Rache missbraucht fühlen. Wenn Sie hingegen Ihre verletzten Gefühle und Ihre Rachefantasien bewusst annehmen, können Sie sie auch ablegen und Sie wissen: Es dem anderen mit gleicher Münze heimzuzahlen, bringt einen nicht weiter. Verzeihen kann nur, wer Verständnis für die Handlungen von anderen Menschen aufbringen kann.

Den wichtigsten Schritt auf dem Weg des Verzeihens kennen Sie bereits: Sie sind genauso wie Ihr Partner gefordert, die volle Verantwortung für Ihren Beitrag zur Paarkrise zu übernehmen. Ihre Haltung «Du hast mir so wehgetan, dass ich dir nie werde verzeihen können!» müssen Sie in eine neue transformieren. Diese könnte zum Beispiel so lauten:

«Deine Untreue hat mich zutiefst verletzt, und ich leide sehr darunter. Ich versuche jedoch zu verstehen, wie ich dir Anlass dazu gegeben habe, dich von mir zu entfernen. Es ist wohl so, dass ich dir in letzter Zeit nicht mehr sehr liebevoll begegnete, sondern zu vieles für selbstverständlich hielt und dich zu oft kritisierte. Klar, ich ärgere mich immer mal wieder über dich, wenn du mir zum Beispiel zu wenig im Haushalt hilfst oder dem Gespräch ausweichst. Aber ich hätte mich mehr in dich einfühlen, deine Bedürfnisse ernst nehmen und mit dir Lösungen suchen sollen, anstatt dir nur zu sagen, was du tun sollst. Vielleicht habe ich mich auch zu sehr den Kindern zugewandt und dich innerlich ein wenig abgeschrieben. So habe ich diese Krise vermutlich mitverursacht. Doch deine Untreue hat mich im Kern getroffen und mein Selbstwertgefühl erschüttert. Wenn wir zusammenbleiben, muss ich wieder darauf vertrauen lernen, dass du mich noch liebst. Dazu brauche ich Zeit. Ich muss spüren, dass du mich und meine Gefühle ernst nimmst und etwas dafür tust, damit Verzeihen möglich wird. Und ich bin bereit, nicht nur zu warten, dass du etwas wieder gutmachst, sondern auch meinen Beitrag zu leisten, damit wir wieder aufeinander zugehen können.»

Wer dazu fähig sein will, muss zuerst sich selbst verzeihen.

Wenn Sie fremdgegangen sind, können Sie sich nicht damit rausreden, dass Sie von jemandem verführt wurden oder Ihr abweisender Partner Sie zur Untreue getrieben habe. Sie tragen die Verantwortung für Ihr Verhalten. Sie haben die Treuevereinbarung Ihrer Beziehung missachtet und dem Partner damit viel Leid zugefügt. Wenn Sie es also schaffen, sich selbst zu verzeihen, können Sie auch verstehen, dass sich der betrogene Partner sehr verletzt fühlt. Er kann nicht von heute auf morgen wieder zur Tagesordnung übergehen.

Wenn Sie betrogen wurden, müssen Sie sich damit befassen, wie Sie ungewollt zur Beziehungskrise beigetragen haben. Diese Einsicht und die damit verknüpfte Veränderung Ihrer inneren Haltung ist psychische Schwerarbeit, doch unumgänglich. Denn nur so wird es möglich, die eigenen Schattenseiten zu integrieren und sich selbst zu verzeihen.

Folgende Schritte können dem Betrogenen helfen, seine Verletzungen zu überwinden und zu verzeihen:

Verstehen

Wenn beide die Gefühle und das Verhalten des anderen verstehen und sich ineinander einfühlen, ist ein Ausstieg aus dem Täter-Opfer-Muster möglich. Das ist zentral, denn wenn Sie Opfer bleiben, können Sie nicht verzeihen und den anderen, da er für Sie der Täter bleibt, auch nicht mehr lieben.

Der Betrogene muss seine moralische Überlegenheit aufgeben: «Ich bin nicht besser als du.» Damit wird das *Ich bin gut, du bist schlecht* des Opfer-Täter-Musters aufgelöst und wieder ein Schritt in Richtung Gleichgewicht in der Beziehung gewagt.

Anerkennen

Verletzungen anzuerkennen ist von entscheidender Bedeutung. Indem Sie anerkennen, dass Sie dem Partner Leid zugefügt haben, wird die Verletzung für beide wahr. Manchmal ist die Bitte um Verzeihung nötig.

So könnte der Untreue sagen: «Ich weiss, dass ich dich mit dieser Affäre tief verletzt und dein Vertrauen missbraucht habe. Dass ich dir so wehgetan habe, tut mir sehr Leid. Kannst du mir verzeihen?» Damit wird dem seelischen Schmerz des Partners Rechnung getragen.

Der Betrogene muss aber auch Verzeihung gewähren und die Verletzung dann wieder loslassen können. Dies heisst nicht, alles ist gut, sondern eher: «Ich bin bereit, mich wieder mit dir einzulassen. Und ich will verstehen, wie ich dich dazu brachte, mich so zu verletzen.»

Wiedergutmachen

Manchmal braucht der Betrogene eine Wiedergutmachung, um einen aktiven Beitrag zur Heilung der Beziehung leisten zu können. Diese erfordert vom Partner Zeit, Einfallsreichtum und vielleicht auch ein finanzielles Engagement. Es darf jedoch nichts Unmögliches gefordert werden und es muss zeitlich begrenzt sein, sodass der Partner nicht in der Schuldposition verbleibt. Eine solche Wiedergutmachung könnte zum Beispiel sein: ein gutes Essen zu zweit, ein gemeinsames Wellness-Wochenende oder die Bereitschaft des Partners, bei der Planung der nächsten Ferien besonders auf die Wünsche des anderen einzugehen usw.

Wenn Sie jedoch ernst nehmen, dass Sie die Krise gemeinsam verursacht haben, ist auch auf der emotionalen Ebene eine gemeinsame Wiedergutmachung nötig. Sie könnten zum Beispiel beide folgenden Beschluss fassen: «Ich will von jetzt an bewusst darauf achten, wann und weshalb ich dir gegenüber ärgerlich, abweisend oder verletzt reagiere. Ich weiss, dass es nicht sehr viel braucht, bis wir wieder ins alte Beziehungsmuster geraten. Doch ich werde darauf achten und ein Problem mit dir rechtzeitig ansprechen, sodass wir die negative Spirale aufhalten, bevor es zu spät ist.»

Verzeihen

Um Verzeihen zu ermöglichen, kann ein gemeinsames Ritual hilfreich sein: Wenn Sie sich bereit dazu fühlen, setzen Sie sich dem Partner gegenüber und halten seine Hände. Sagen Sie: «Du weisst, dass du mir mit deiner Untreue sehr wehgetan hast. Doch ich spüre, dass es dir Leid tut, mich so verletzt zu haben. Wir haben uns offen mit dieser Krise befasst und verstehen jetzt vieles besser. Nun bin ich bereit, dir zu verzeihen. Ich verzeihe auch mir selbst, dass ich zu wenig dazu beigetragen habe, unsere Beziehung lebendig zu erhalten. Von nun an will ich es tun.»

Ihr Partner könnte sagen: «Ja, ich habe mich mit meiner Untreue dir gegenüber schuldig gemacht, und das tut mir sehr Leid. Ich liebe dich und ich möchte mit dir zusammen sein. Durch die Affäre habe ich wieder gemerkt, dass mich viel Gutes mit dir verbindet. Ich bin glücklich, wenn du mir verzeihen kannst. Auch mir selbst möchte ich verzeihen und meine Schattenseiten annehmen. In Zukunft werde ich offen mit dir reden, wenn ich in der Beziehung unzufrieden bin. Ich will auch noch besser verstehen, was mich bisher daran gehindert hat, denn ich möchte dir nicht mehr untreu werden. Und es tut mir gut, dass du auch deinen Beitrag siehst.»

Für dieses Ritual lassen sich verschiedene Formen und Worte finden. Doch vielleicht brauchen Sie weder eine Wiedergutmachung noch ein Ritual, sondern vertrauen darauf, dass Verzeihen ein Prozess ist, der sich nach und nach und eher unspektakulär ereignet.

Auch wenn Sie ein Ritual vollziehen, heisst das nicht, dass vom heutigen Tag an keiner mehr über das Erlebte reden darf. Wiedergutmachungen und Rituale sind eher Meilensteine im Prozess der Versöhnung und Wiederannäherung als deren Schlusspunkte.

Lisa fand, sie brauche keine Wiedergutmachung und auch kein Ritual. Doch etwa sieben Monate nachdem sie ihren Mann mit der andern Frau erwischt hatte, sagte sie: «Wenn Verzeihen bedeutet, dass ich dich immer noch liebe und nun mit dem Geschehenen leben kann, dann habe ich dir verziehen.»

Das war einer der schönsten Momente, auch für mich als Therapeutin. Es zeigte sich jedoch bald, dass diese Äusserung eher ein Meilenstein als ein Schlusspunkt war. An einem Wochenende, wo Lisa viel freie Zeit für sich hatte, erlebte sie ein Gefühl von abgrundtiefer Traurigkeit. Das machte ihr grosse Angst und so stellte sie den ganzen bisherigen Prozess mit ihrem Partner in Frage. Alles schien plötzlich so sinnlos zu sein.

Lisa hatte vermutlich bis zu diesem Zeitpunkt die Verzweiflung und Trauer darüber, dass seit der Krise für sie nichts mehr war wie zuvor, zu wenig zugelassen. Ihre Wut und Empörung über Marios Untreue standen im Vordergrund. Erst jetzt, und bezeichnenderweise in einer Situation, wo sich das Paar auf eine neue Art wieder nahe kam und Hoffnung möglich war, spürte sie diese tiefe Trauer. Es könnte zum Teil auch eine Traurigkeit darüber sein, dass Lisa die Partnerschaft vor der Krise zwar grundsätzlich als gut erlebt, die emotionale Nähe zu Mario aber schon öfters vermisst hatte. Es tut weh, zu realisieren, was man in der Vergangenheit versäumt hat, und festzustellen, wie schmerzhaft und verunsichernd sich die Gegenwart zeigt. Sich dieser Trauer zu stellen, ist jedoch ein notwendiger Schritt, um die Verletzung zu verarbeiten, die Kränkung loszulassen und wieder eine positive Zukunft vor sich sehen zu können.

Darüber hinaus lässt eine aktuelle Krise auch unverarbeitete Gefühle aus der Kindheit an die Oberfläche dringen. Lisa muss nun abwägen, wieweit ihre Trauer mit der Beziehung zu Mario und wieweit sie mit früheren Erfahrungen zusammenhängt. Dazu sagt sie: «Ich merke, wie diese Sache über unsere Beziehung hinausgeht. Ich habe mich verändert und erkenne das in verschiedenen Situationen. So kann ich mich nun auch besser von meinen Eltern abgrenzen, auch wenn es mich traurig macht zu spüren, dass ich mich ihnen schon lange nicht mehr wirklich nahe fühle.»

Die Ablösung von den Eltern ist ein notwendiger Schritt, wenn man erwachsen wird. Doch dieser Prozess ist nicht im Alter von zwanzig Jahren abgeschlossen. Es ist sinnvoll, sich immer wieder mit der aktuellen Beziehung zu seinen Eltern zu beschäftigen, denn wir bleiben ja mit ihnen verbunden, solange sie leben – und oft noch länger. In einer besonderen Lebenssituation ist man sensibler und empfindet unverarbeitete Trauer deutlicher. Es ist eine neue Chance, sich der eigenen Geschichte und den damit verknüpften Gefühlen zu stellen, und wird Lisa ein grosses Stück weiterbringen.

Wenn die Trauer einen nachvollziehbaren Grund hat, müssen Sie nicht befürchten, immer weiter in ein schwarzes Loch zu fallen. Es wird vielmehr so sein, dass auf dem Grund der Trauer die Zuversicht wartet und ein tragender Boden, von dem Sie sich wieder abstossen und ans Licht treten können. Gefühle von positiver Empörung sind dabei sehr hilfreich: «Diese Trauer war nötig und hat mir neue Erkenntnisse gebracht, aber jetzt ist es genug! Nun will ich wieder nach vorne schauen und mich aktiv für mein Leben und meine Partnerschaft einsetzen.»

Das gemeinsame Thema finden

Nachdem Sie sich intensiv mit den offenen Fragen auseinander gesetzt haben, ist es nun einfacher, das gemeinsame Thema im Zusammenspiel mit Ihrem Partner zu erkennen. Oft heisst dieses Thema, etwas allgemein formuliert: *den Zugang zu sich selbst finden.*

Das Leben in einer langjährigen Partnerschaft kann zeitweise das Gefühl hervorrufen, zu sehr zu einem Paar verschmolzen zu sein und einen Teil der eigenen Individualität irgendwo auf dem Weg verloren zu haben. Solche Gefühle lassen sich jedoch nicht immer klar benennen. Sie spiegeln sich vielmehr im eigenen Verhalten wider. Sie verlieben sich zum Beispiel in einen anderen Mann/eine andere Frau und erfahren sich selbst plötzlich viel intensiver. Sie erleben sich auf eine Art offen und authentisch wie bisher selten in Ihrem Leben. Oder Sie werden vom Partner betrogen und sind nun gefordert, sich darüber klar zu werden, wo Sie stehen und was für Sie wirklich bedeutsam ist.

Diese Erfahrung kann ein Hinweis darauf sein, dass Sie an einem Punkt im Leben angekommen sind, wo es notwendig ist, sich vertieft mit dem eigenen Sein zu befassen. Vielleicht erfahren Sie dabei, dass Sie den Zugang zu sich selbst nicht in erster Linie im Zusammenleben mit dem Partner verloren haben. Selbstfindung ist ein Prozess, der seit Ihrer Kindheit andauert. In jedem Lebensabschnitt können Sie wieder neue Aspekte Ihrer Persönlichkeit entdecken. Als Sie sich in Ihren Partner verliebten, waren Sie noch jünger und unerfahrener. Gemeinsam mit dem geliebten Menschen haben Sie sich weiterentwickelt. So ist jeder auch ein Teil des anderen geworden. Doch irgendwann wird die Frage aktuell: Wer bin ich nun eigentlich selbst? Seit der Pubertät haben Sie sich vielleicht nie mehr so intensiv damit beschäftigt. Nun geht es darum, dieses Selbstverständnis auf einem reiferen Niveau zu erfahren.

Die langjährige Paarbeziehung hilft dabei, sich auf dieser neuen Ebene mit sich selbst auseinander zu setzen. Denn das Zusammenleben mit dem Partner bedeutet immer wieder eine grosse Herausforderung zur persönlichen Reifung: eigenständig zu sein und doch mit dem Partner emotionale und körperliche Nähe – das heisst wahre Intimität – zu teilen. Die eigenen Wünsche und Bedürfnisse stimmen oft nicht mit denen des Partners überein, sie stehen manchmal sogar im Widerspruch dazu. Und doch können Sie nur als eigenständige Person einen gemeinsamen Weg mit dem Partner gehen, auf dem jeder seine eigenen Wünsche einbringen kann. Es geht dabei weniger darum, möglichst rasch an ein bestimmtes Ziel zu kommen, als vielmehr darum, diesen Weg gemeinsam unter die Füsse zu nehmen.

Wenn Sie zusammen durch eine Krise gehen, erfahren Sie neben all dem Schwierigen auch etwas Wesentliches, nämlich den gemeinsamen Kern des Themas. Egal, ob Sie sich streiten, einander ausweichen, fremdgehen oder wieder zusammenkommen: *Einen Mangel in uns selbst oder einen alten Schmerz können wir weder durch einen neuen Geliebten heilen, noch kann der Partner dies für uns lösen. Jeder muss sich selbst annehmen und sich mit seinem Leben aussöhnen. Erst dann kann er sich dem geliebten Menschen seelisch und körperlich hingeben und dessen Hingabe annehmen.*

Dies führt Sie zu einer Lebens- und Beziehungshaltung von zentraler Bedeutung. Da Sie in einer guten Beziehung aufeinander bezogen sind, heisst nun das Leitmotiv: ***Ich will den Zugang zu mir selbst und zu meinem Partner finden.*** Dies tönt einfacher, als es tatsächlich ist. Aktives und lebendiges Bezogensein auf sich selbst und auf ein Du ist eine Lebensaufgabe. Sie beinhaltet im täglichen Zusammenleben, und besonders auch in schwierigen Zeiten, konsequent den eigenen Beitrag zum Gelingen oder Scheitern der offenen Begegnung mit dem Partner zu betrachten. Dazu gibt es ein einfaches Sprichwort: «Wie ich in den Wald rufe, so tönt es zurück.» Diese Erkenntnis eröffnet neue Möglichkeiten: Es hängt von mir ab, ich habe tatsächlich Einfluss auf die Gestaltung unserer Beziehung. Wenn beide Partner so denken und handeln, übernehmen sie Verantwortung für den eigenen Beitrag und für ihr emotionales Zusammenspiel. Dies bildet die Basis, um die folgenden Lösungsvorschläge für ein neues Zusammenfinden erfolgreich umzusetzen. Es geht dabei darum, wie Sie Ihre Beziehung neu beleben und auf gegenseitigem Respekt basierend gestalten können. So schaffen Sie eine stabile Grundlage, um zusammenzubleiben. Es ist ein Geschenk, einen liebenden Gefährten zu haben, der bereit ist, ein Stück des Weges mit einem gemeinsam zu gehen.

4. Kapitel

Wieder zusammenfinden

Sie haben sich nun grundsätzlich mit Paarkrisen befasst und dabei vielleicht erkannt, was in Ihrer Beziehung in letzter Zeit in Schieflage geraten ist. Zudem haben Sie sich mit dem wichtigen Thema der Untreue auseinander gesetzt (etwa die Hälfte der Paare sind davon betroffen). Sie wissen nun, dass Sie nicht allein dastehen und dass sich mit der nötigen Geduld Lösungen finden lassen.

Auch wenn Sie nicht von Untreue betroffen sind, sondern andere Paar-Probleme haben, können Sie den hier beschriebenen Weg mit Ihrem Partner gehen.

Falls Sie sich bereits dazu entschieden haben, Ihrer Beziehung eine neue Chance zu geben, möchten Sie sich vielleicht gemeinsam eine Frist setzen: «Wir wollen unsere Partnerschaft von nun an bewusster leben und aktiver aufeinander zugehen. Um diesen Prozess in Gang zu bringen, geben wir uns sechs Monate Zeit. Wenn wir uns beide dafür einsetzen, vom Partner verstanden und mit unseren Bedürfnissen respektiert zu werden, und auch ihm Verständnis und Zuneigung entgegenbringen, können wir wieder echt Ja zueinander sagen.»

Wenn Sie sich von einer solchen Frist eher unter Druck gesetzt fühlen, verzichten Sie darauf. So oder so, entscheidend ist, dass Sie für eine Veränderung motiviert sind und jeden Tag daran arbeiten. Üben Sie das aktive Bezogensein auf sich selbst und den anderen. Das heisst, Sie übernehmen Verantwortung für Ihren Beitrag zur Entstehung und zur Lösung von Konflikten und damit auch für Ihr emotionales Zusammenspiel mit dem Partner.

Zusätzlich zu dieser zentralen Beziehungshaltung können konkrete Richtlinien helfen, Ihr Zusammenleben neu zu gestalten. In diesem Kapitel erhalten Sie viele Anregungen.

Auch wenn Sie Ihre/n PartnerIn verlassen und eine neue, tragfähige Beziehung aufbauen wollen, lernen Sie hier Strategien kennen, die es Ihnen erleichtern werden, die alten Fehler zu vermeiden.

Für moderne Paare ist das Gefühl der Gleichwertigkeit entscheidend, damit sie zusammen glücklich sind. Sie wissen, dieses Gefühl kann in einer Beziehung leicht gestört werden.

Gleichwertigkeit ist keine Tatsache, sondern ein Prozess. Es lässt sich nicht vermeiden, dass sie im Verlauf einer langen Paarbeziehung ab und zu in Schieflage gerät. Gelingt es dem Paar aber, die Ebenbürtigkeit immer wieder herzustellen, dann ist eine Grundvoraussetzung für ein glückliches Zusammenleben erfüllt. Welche Bedingungen tragen dazu bei?

Leandra kommt zusammen mit Nico in Therapie, weil die Gleichwertigkeit für sie in Gefahr ist. Durch die zwei kleinen Kinder fühlt sie sich zu sehr ans Haus gebunden und mit ihrer Teilzeitstelle beruflich eingeschränkt. Nico kann ihrer Ansicht nach viel einfacher seine Karriere verfolgen. Manchmal denkt sie, dass die Einschränkungen durch die Kinder zu einseitig an ihr hängen bleiben. So hat sie ein wichtiges Hobby aufgegeben und verlangt nun von ihrem Partner dasselbe. Nico beurteilt die Sache jedoch etwas anders. Obwohl er viel Zeit und Kraft für seinen Job brauche, versuche er, so oft wie möglich auch für seine Kinder da zu sein.

Durch die offene Auseinandersetzung mit diesen Themen lernen Leandra und Nico, die Bedürfnisse und Gefühle des anderen besser zu verstehen. Leandra erkennt, dass sie mit den aktuellen Einschränkungen auch deshalb Mühe hat, weil frühere Erfahrungen von Ungerechtigkeit aktualisiert wurden. Als Jugendliche musste sie regelmässig die kleineren Geschwister beaufsichtigen und den Haushalt führen, während beide Eltern arbeiteten. Obwohl ihre Eltern aus materieller Notwendigkeit so viel arbeiten mussten, forderten sie doch zu viel von Leandra und liessen ihr zu wenig Raum, ein Kind zu sein.

Es war selbstverständlich, dass Leandra ihre Bedürfnisse zu Gunsten der Herkunftsfamilie zurückstellte. Nun ist es Zeit, dass sie sich über die verpassten Freiheiten ihrer Jugend ärgern darf und trauern kann. Denn durch die Bearbeitung ihrer eigenen Geschichte lernt sie, emotional besser zwischen früher und heute zu unterscheiden. So wird sie die aktuelle Situation nicht mehr nur als ungerecht erleben, sondern kann selbstverantwortlich mit ihrem Partner aushandeln, wer wann für die Kinder zuständig ist und wie sie und Nico ihre Freiräume als Paar und als Einzelpersonen so weit wie möglich behalten können.

Mit dem Wissen um die Bedingungen für Gleichwertigkeit und dem Beschluss, sich dafür einzusetzen, dass Ihre Bedürfnisse und diejenigen des Partners gesehen werden, können Sie das Fundament für ein zweites Ja zu Ihrer Beziehung legen. Ganzheitliches Beziehungswissen bedeutet, dass Verstehen und Fühlen sich ergänzen. Es steht auf den Grundpfeilern von Echtheit, Zuwendung und Einfühlung. Wissen ist bekanntlich auch Macht. Sie haben die Macht, positive Veränderungen zu bewirken, indem Sie sich bewusst dafür entscheiden, Ihr Wissen konkret umzusetzen.

Grenzenlose Liebe oder offene Begegnung?

Wenn Sie nun motiviert sind, Ihre Beziehung offen und aktiv zu gestalten und mit Ihrem Partner positive Erlebnisse und Gefühle zu teilen, sind Sie auf einem guten Weg. Doch es könnte sein, dass Ihnen die Erfolge im Vergleich zur Sehnsucht nach uneingeschränkter Liebe zeitweise etwas mickrig vorkommen.

Diese Sehnsucht ist ein Bestandteil der Verliebtheit, sie bildet die Grundlage einer Liebesbeziehung. Gemeint ist der Wunsch nach einer bedingungslosen, durch nichts zu beeinträchtigenden Liebe, die alles Trennende zwischen zwei Menschen aufzulösen vermag. Es ist die Sehnsucht, ohne Worte verstanden zu werden. Geliebt zu werden, ohne etwas dafür tun zu müssen – so wie es ein Baby im Mutterleib oder in der ersten Zeit nach der Geburt erfahren kann.

Die Sehnsucht nach bedingungslosem Aufgehoben- und Angenommensein schlummert in uns allen. Sie ist umso grösser, je weniger wir dieses Gefühl in der frühen Kindheit tatsächlich erleben konnten. In der Tiefe unserer Seele bleibt das Gefühl, diese grenzenlose Liebe noch zugut zu haben, und wir versuchen, das früher Verpasste nun beim Partner einzulösen. Doch mit diesem Anspruch ist der Partner überfordert.

Erst wenn Sie sich diese Sehnsucht eingestehen, können Sie sich damit aussöhnen, dass diese absolute Liebe zwischen zwei Erwachsenen nicht möglich ist. Dazu gehört auch, darüber trauern zu können, dass Sie diese bedingungslose Liebe so nicht mehr erfahren werden. Denn der Partner ist und bleibt eine eigenständige Person, und Sie können Gefühle der Verschmelzung mit dem geliebten Menschen nur in flüchtigen Momenten erleben. Sei es in einer intensiven sexuellen Begegnung oder in der emotionalen Erfahrung, vom anderen jetzt gerade als die, die Sie wirklich sind, gesehen und angenommen zu werden. Auch wichtige gemeinsame Erlebnisse wie Ferien oder die Verarbeitung eines Verlustes tragen dazu bei, sich als Paar nahe und verbunden zu fühlen.

Diese Glücksmomente helfen Ihnen zu akzeptieren, dass Ihre Liebesfähigkeit im Alltag voller Widersprüche bleibt. Es werden Erwartungen gestellt und Hoffnungen gehegt, die oft nicht erfüllbar sind. Denn der Partner ist anders als Sie. Sein Denken, Fühlen und Handeln kommt Ihnen immer mal wieder fremd vor. Die Verarbeitung dieser Enttäuschung und das Akzeptieren des real Möglichen in einer Liebesbeziehung ist ein Prozess der persönlichen Reifung.

Die Sehnsucht nach der absoluten Liebe ist sinnvoll als Antrieb, um immer wieder die Nähe des Partners zu suchen. Der Wunsch nach Verschmelzung mit dem Du ermöglicht intensive gemeinsame Erfahrungen. Sie wissen jedoch, dass die Alltagsrealität einer langjährigen Paarbeziehung anders aussieht: Hier gibt es Nähe und Distanz, Freude und Trauer, Liebe und Hass.

Trotz allem: Die offene Begegnung mit dem Partner bedeutet echte Lebensqualität und ermöglicht Ihnen, eine lebendige und gleichwertige Beziehung zu führen, dank der Sie sich als Einzelperson und als Paar weiterentwickeln.

Eigene Bedürfnisse mitteilen und die des Partners ernst nehmen

Wie Sie wissen, ist es nötig, dass beide Partner die volle Verantwortung für ihr Denken, Fühlen und Handeln in der Beziehung übernehmen. Wenn Sie also unzufrieden sind und Ihre Bedürfnisse zu kurz kommen, fragen Sie sich: *Wie verhalte ich mich, dass mein Partner meine Bedürfnisse nicht ernst nehmen muss? Was kann ich verändern, damit es ihm möglich wird, auf mich einzugehen?*

Corina lernte, ihre Bedürfnisse wichtig zu nehmen, sie mitzuteilen und Patrick dafür zu gewinnen. Es wurde ihr klar: Wenn ich etwas von meinem Partner will, muss ich positiv auf ihn zugehen, anstatt ihm vorzuwerfen, er kümmere sich zu wenig um mich.

Sie ruft ihn zum Beispiel nun öfters am Freitagmorgen an: «Ich gehe auf den Markt und hätte Lust, mit dir einen Kaffee zu trinken. Kannst du dir eine halbe Stunde Zeit nehmen?» In der Regel ist Patrick flexibel, und beide können sich über die kurze gemeinsame Pause vom Alltag freuen.

Wenn Sie selbstverantwortlich sind, muss es auch Ihr Partner sein. So lassen sich die gegenseitigen Beschuldigungen («Ich habe das nur getan, weil du mich immer vernachlässigst!» oder «Du bist einfach nie zufrieden, egal, wie sehr ich mich bemühe!») ausser Kurs setzen.

Indem Sie offen über Ihre Wünsche sprechen, vermeiden Sie, dass sich Frustrationsgefühle anhäufen. Klar und eindeutig geäusserte Bedürfnisse werden vom Partner in der Regel verstanden und ernst genommen. Dazu müssen Sie jedoch wissen, was Sie selbst wollen, und das ist oft gar nicht so einfach. Viele Leute haben gelernt: *Du wirst geliebt, wenn du für andere da bist und deine eigenen Bedürfnisse zurückstellst.*

Diese vermeintliche Selbstlosigkeit ist eine Falle – Sie haben dann nämlich kein Selbst. Das bedeutet, Sie tun vor allem deshalb so viel für andere, weil Sie deren Bestätigung brauchen, ein guter und liebenswerter Mensch zu sein. Doch irgendwann schleicht sich das Gefühl ein, zu viel zu geben. Dann kann diese Haltung kippen, und Sie wollen endlich mal nur für sich selbst schauen. Doch Sie fühlen sich schuldig, wenn Sie dann vom Partner hören: «Du bist plötzlich so egoistisch!»

Oder erleben Sie es eher so, dass Ihr Partner seine eigenen Anliegen zu stark durchsetzt? Werfen Sie ihm nicht vor, er verhalte sich egoistisch, denn das ist verletzend und wirkt zudem paradox. Er wird sich deswegen nicht mehr um Sie und Ihre Bedürfnisse kümmern, im Gegenteil: Da er ja nun als Egoist abgestempelt ist, muss er sich auch gar keine Mühe mehr geben. Von Egoismus könnte nur dann die Rede sein, wenn Ihr Partner seine Wünsche dauernd ohne Rücksicht auf Verluste, das heisst, ohne sich um Ihre Bedürfnisse zu kümmern, durchboxen würde. Viel effizienter, als dem anderen Vorwürfe zu machen, ist es, konstruktiv für die eigenen Wünsche einzustehen.

Lassen Sie sich selbst also nicht zu kurz kommen. Sie haben keinen Grund, sich schuldig zu fühlen, wenn sie sowohl für sich selbst als auch für andere da sind. Suchen Sie bewusst diese Balance von Geben und Nehmen.

Offene Begegnung zwischen zwei Menschen findet statt, wenn beide ihre Bedürfnisse kennen, diese dem Partner mitteilen und einander damit ernst nehmen und verstehen, was sie bisher daran hinderte, für die eigenen Wünsche einzustehen. Vielleicht haben Sie in Ihrer Kindheit nicht gelernt, sich konstruktiv, aber entschlossen für sich selbst einzusetzen?

Überlegen Sie: *Wie kann ich meinen Partner dafür gewinnen, dass er auf meine Bedürfnisse eingeht? Und was hatte ich bisher wohl davon, wenn er mich enttäuschte? Brauchte ich vielleicht seine Zurückweisung, weil ich es selbst nicht wagte, meine Wünsche ernst zu nehmen?*

Genauso wenig haben wir auch gelernt, uns wirklich in den anderen einzufühlen. Das heisst nun nicht, dass Sie auf die Wünsche des anderen einschwenken müssen, sobald Sie diese kennen. Da wir oft unterschiedliche Bedürfnisse haben, geht es nur mit gegenseitigem Entgegenkommen. Die zentrale Frage ist immer wieder: *Wie kann es in unserer Beziehung beide geben?* Damit sind keine faulen Kompromisse gemeint. Reife Erwachsene verfügen im Gegensatz zu Kleinkindern über die nötige Frustrationstoleranz, wenn sie nicht sofort alles haben können. Sie sind fähig, die Befriedigung von Bedürfnissen aufzuschieben, jedoch auch dafür zu sorgen, dass diese dem Partner trotzdem im Gedächtnis bleiben.

Eine weitere Falle ist der Vorwurf: «Wenn du mich lieben würdest, dann würdest du spüren, was ich brauche, ohne dass ich es dir auf die Nase binden muss!» Diese Haltung ist verhängnisvoll, da der Partner es Ihnen so nie recht machen kann und erst noch beschuldigt wird, Sie nicht genügend zu lieben. Sie ist auch eine Ausrede, um nicht selbst die Verantwortung für die eigenen Bedürfnisse zu übernehmen und für sie einzustehen.

Corina lernte, dass sie sich bewusst erlauben kann, ihre Bedürfnisse aktiv einzubringen. Dazu musste sie sich von der Idee verabschieden, dass ihr Partner eigentlich spüren sollte, was sie will, ohne dass sie es klar ausdrückt.

Da der andere eine eigenständige Person ist, kann er sich zwar in Sie einfühlen, aber ohne Rücksprache nie mit Sicherheit wissen, was Sie wirklich brauchen. Es ist also eine tägliche Herausforderung, unsere Bedürfnisse deutlich wahrzunehmen, diese als berechtigt anzuerkennen und offen mit dem Partner darüber zu reden. Denn wenn jeder für sich und den anderen schaut, ist für beide gut gesorgt!

Um nachzuvollziehen, wie diese Anregungen konkret umgesetzt werden könnten, hier – und in den folgenden Kapiteln – kurze Dialoge zwischen Silvan und Nadja:

Nadja: *Du, ich fühle mich ziemlich ausgelaugt.*

Silvan: *Ich weiss, mir geht es ähnlich. Im Geschäft ist momentan ja wieder so viel los.*

Nadja: *Ich habe mir schon überlegt, ob ich jetzt, wo du selbst im Stress bist, damit kommen kann, aber mir würde in nächster Zeit etwas Abstand von Haushalt und Kindern wirklich gut tun. Ich würde gerne mit meiner Freundin Sandra für drei oder vier Tage in ein Wellness-Hotel fahren. Wie denkst du darüber?*

Silvan: *Ich kann deinen Wunsch verstehen. Aber wie sollen wir das mit den Kindern organisieren? Wann genau soll das sein? Und da wir schon über Wünsche reden: Ich möchte dieses Jahr eine Töff-Tour machen. Also nicht diese kurzen Tagestouren wie bisher, sondern ein paar Tage am Stück. Aber mir ist es recht, wenn du zuerst deinen Wunsch erfüllst. Ich könnte am übernächsten Wochenende plus Freitag oder Montag für die Kinder da sein.*

Nadja: *Super! Es freut mich echt, dass du Verständnis hast und mir entgegenkommst. Ich finde es auch gut, wenn du und die Kinder mal drei Tage lang ohne mich auskommen könnt. Und falls ich einen Tag länger weg bin, frage ich die Nachbarin, ob sie aushilft.*
Dass du auch etwas ohne die Familie unternehmen willst, kann ich gut verstehen. Ich möchte gerne mehr darüber erfahren. Kommst du nochmals damit, wenn du konkrete Vorstellungen hast?

Silvan: *Okay.*

Wie kann es uns beide geben? (Beziehungsvolles Verhandeln)

Nachdem beide Partner ihre Bedürfnisse erkundet und dem anderen mitgeteilt haben, geht es darum, einen gemeinsamen Weg zu finden, wie diese Wünsche umgesetzt werden können. Dabei müssen Sie nicht von Anfang an einen Kompromiss suchen. Entscheidend ist, dass sich beide Partner mit ihren unterschiedlichen Bedürfnissen wahrgenommen fühlen, ohne im Voraus schon Eingeständnisse zu machen. Auf dieser Grundlage des gegenseitigen

Verstehens ist es möglich, konstruktive Kompromisse auszuhandeln. Viele Leute sehen Kompromisse zu negativ. Sie betrachten sie als Notlösungen, bei welchen sie nur verlieren können. Wenn sich beide Partner nicht für die Bedürfnisse des anderen interessieren, besteht tatsächlich die Gefahr, dass sich einer gegen den andern durchsetzt oder beide mit ihren Wünschen auf der Strecke bleiben.

Wenn Sie jedoch nicht von einem Verzicht ausgehen, sondern den Gewinn für beide ins Auge fassen, schaffen Sie eine Win-win-Situation. Äussern Sie Ihre Wünsche direkt und konkret und fragen Sie den Partner, was er dazu denkt und fühlt. Also nicht: «Wenn du zwei Mal pro Woche ins Krafttraining gehst, dann gehe ich von nun an auch zwei Mal ins Aerobic.» Sondern: «Ich hätte gerne jede Woche einen Paar-Abend mit dir. Was denkst du dazu, und an welchem Abend könntest du dir das vorstellen?»

Nur Verhandlungsergebnisse, bei welchen beide Partner nicht zu viel Eigenes aufgeben müssen, sind erfolgreich. Wenn beide sich einbringen, können Sie als Einzelperson und als Paar hinter der gewählten Lösung stehen.

Silvan: *Also, nochmals wegen unserer Planung: Ich würde gerne im September eine Woche Töff-Ferien machen. Zeitlich würde das unsere Familienferien nicht tangieren. Wäre das für dich in Ordnung? Ich würde mich wirklich freuen, diesen Wunsch zu realisieren.*

Nadja: *Das kann ich verstehen. Ich finde eine Woche aber etwas lange. Du bist ja auch beruflich ab und zu fort, und da könnte es mir schon zu viel werden mit all dem Kram hier. Ausserdem möchte ich unsere Abmachung als gerecht erleben. Wenn ich selbst nur drei Tage weg bin, du aber eine ganze Woche, habe ich damit etwas Mühe.*

Silvan: *Können wir das nicht noch aufschieben? Du gehst jetzt mal in dein Wellness-Weekend und alles andere wird sich dann zeigen.*

Nadja: *Ich möchte es lieber nicht so vage lassen. Ich habe einen guten Vorschlag: Wie wärs, wenn du die Tour auf fünf Tage beschränkst, sagen wir Samstag bis Mittwoch? Dafür könnten wir zu zweit noch eine Städtereise machen! Ich finde, ein Paar-Wochenende würde uns wirklich gut tun.*

Silvan: *Die Idee ist nicht schlecht, wann haben wir das eigentlich zum letzten Mal gemacht? Ich könnte meine Eltern fragen, ob Sie zu uns kommen und die Kinder hüten.*

Nadja: *Das wäre gut. Ich freue mich jetzt schon auf die Zeit mit dir allein!*

Es ist natürlich nicht immer so einfach, verschiedene Bedürfnisse unter einen Hut zu bringen wie in diesem Beispiel. Hier konnten Silvan und Nadja ihre Ideen ausdrücken und dann auf eine sachliche Art und Weise darüber diskutieren. Schwieriger wäre es, wenn Silvan zwei Wochen Ferien ohne die Familie verbringen möchte und entschlossen wäre, diesen Wunsch auch gegen die Einwände seiner Frau durchzusetzen.

In einer langjährigen Partnerschaft gibt es immer mal wieder Wünsche, die nicht so einfach umzusetzen sind. Dies gilt insbesondere für emotionale und erotische Bedürfnisse. Wir können nicht zu unserem Partner sagen: «Rede offener über dich und ziehe dich weniger zurück!» oder «Zeige im Sex mehr Initiative und Fantasie!» und annehmen, dass er sich dann gleich ändern wird.

Wir dürfen diese Bedürfnisse zwar ausdrücken, denn Wünsche zu haben ist nie falsch. Doch wir können nicht erwarten, dass der Partner diese auch erfüllen wird. Je weniger wir unsere Wünsche als Erwartungen formulieren, desto eher wird er auf uns eingehen können, vor allem wenn er merkt, dass wir wissen möchten, wie sie bei ihm ankommen.

Es gibt vielleicht auch Störendes an Ihrem Partner, das er nicht bereit ist zu verändern. Entwickeln Sie hier etwas Gelassenheit und akzeptieren Sie Dinge, auf die Sie keinen Einfluss haben. Es ist ja ein bekannter Grundsatz: «Man kann nicht den andern verändern, sondern nur sich selbst.» Trotzdem versuchen wir es immer wieder! Erst wenn wir diesen Grundsatz nicht nur rational, sondern auch emotional verstehen, entwickeln wir die Fähigkeit, mit offenem Herzen aufeinander zuzugehen. Es ist von zentraler Bedeutung, daran glauben zu können, dass der Lebensgefährte es grundsätzlich gut mit einem meint, auch wenn er für seine eigenen Bedürfnisse einsteht. Er tut es für sich, nicht gegen Sie.

Gefühle zeigen und sich einfühlen

Wenn Sie den Mut haben, sich zu öffnen und Ihre Gefühle zu zeigen, schaffen Sie ein Klima von Nähe und Vertrauen in der Beziehung. Sie gehen aber auch das Risiko ein, verletzt zu werden, wenn der Partner nicht auf Ihre Gefühle eingeht. Vielleicht reagiert er überhaupt nicht oder antwortet: «Ach was, das stimmt nicht, das empfindest du nur so!» Eine solche Reaktion kann Sie echt verletzen. Ihr Gefühl stimmt schliesslich für Sie. Es gibt keinen Grund, sich die eigenen Gefühle ausreden zu lassen. Doch nach einer schwierigen Erfahrung denken Sie vielleicht, es lohne sich nicht, dem Partner Ihr Inneres zu zeigen.

Dies trifft besonders dann zu, wenn Sie schon als Kind gelernt haben, Ihre Gefühle für sich zu behalten, weil von den Eltern keine Bestätigung für emotionale Offenheit zu erwarten war. Gefühle zu zeigen und darüber zu reden ist in vielen Familien keine Selbstverständlichkeit. So überspielen gerade Männer manchmal Trauer, Enttäuschung oder Hilflosigkeit. In ihrer Jugend galt es als Schwäche, ‹weiche› Gefühle zu zeigen. Bei Frauen ist es eher umgekehrt: Vielen fällt es schwer, ihren Ärger offen und doch konstruktiv zu äussern.

Männer *und* Frauen kehren negative Gefühle oft unter den Teppich, wenn sie als Bedrohung der Familien- oder Paarharmonie erlebt werden. Dabei sind Beziehungen eher dann bedroht, wenn Gefühle keinen Platz haben. Es ist ja nicht so, dass sie durch Verdrängen aus der Welt geschafft wären! Sie werden dann indirekt ausagiert, ohne dass man sich dessen bewusst ist. So äussert der Partner zum Beispiel seinen Ärger nicht, zieht sich aber zurück und verzögert die Erledigung einer versprochenen Hilfeleistung usw.

Achten Sie auch auf wortlos geäusserte Gefühle. Wir alle kommunizieren diese ständig durch unseren Gesichtsausdruck und unsere Körperhaltung. Schwierig wird es, wenn die nonverbalen Botschaften nicht mit Ihren Worten übereinstimmen.

Sie müssen sich selbst gut kennen, um die ganze Palette Ihrer Gefühle spüren und auch angemessen ausdrücken zu können. Unbewusste innere Verbote, Ärger oder Verletzlichkeit zu zeigen, beeinflussen dabei Ihr Verhalten. Wenn Sie diese Verbote im Zusammenhang mit Ihrer Geschichte sehen, lernen Sie zwischen damals und heute zu unterscheiden. Es wird dann klar: *Als Kind hörten mir meine Eltern nicht zu, wenn ich wütend war. Dieses Gefühl war unerwünscht, und so wurde ich ins Zimmer geschickt und mit meinem Ärger allein gelassen. Heute will ich mich selbst nicht so behandeln, wie es meine Eltern machten. Ich darf meine Wut über eine konkrete Situation zeigen, und ich will gehört werden, ohne jedoch meinen Partner zu verletzen.*

Auch wenn es Ihnen schwer fällt, über das, was Sie ärgert, zu sprechen, so zeigt der Körper doch Ihre Wut. Wenn Ihr Partner nun fragt: «Bist du wütend auf mich?», sagen Sie: «Nein, wieso?», aber Ihr Mund ist zusammengekniffen und Ihre Stimme von schneidender Schärfe. Verständlicherweise ist er nun unschlüssig, ob er Ihrer verbalen oder Ihrer nonverbalen Botschaft glauben soll. Die Verwirrung ist perfekt, wenn auch er Doppelbotschaften aussendet. Versuchen Sie also, über das Gefühl zu sprechen, welches Ihr Körper zeigt. Er kann Ihnen als kundiger Führer dienen, denn er kennt auch Ihre bisher noch unbewussten Gefühle.

In emotional verwirrenden Situationen stellt man oft negative Vermutungen über das Verhalten des Partners und dessen Gründe dafür an. Versuchen Sie, diese Vermutungen durch Rückfragen zu überprüfen. So können Sie vermeiden, in einen Teufelskreis von gegenseitigen Unterstellungen zu geraten. Es ist also nötig, nicht nur von seinen eigenen Gefühlen auszugehen, sondern sich auch in den Partner einzufühlen, denn er empfindet vieles anders als Sie.

Silvan und Nadja sitzen am samstäglichen Frühstückstisch:

Silvan: *Hey, wieso redest du nicht mit mir? Bist du wütend?*

Nadja: *Ja, ich bin verärgert, weil du gestern so spät nach Hause gekommen bist. Ich hätte dich gerne noch gesehen, bevor ich ins Bett ging.*

Silvan: *Es ist wirklich spät geworden. Ich hätte dir eine SMS schicken sollen. Tut mir Leid, dass ich das vergessen habe. Verständlich, dass du sauer bist.*

Nadja: *Na, toll! Ich frage mich zwar, was du und dein Kollege bis morgens um zwei Uhr gemacht habt. Seid ihr in einen Nachtclub gegangen und habt Frauen angemacht?*

Silvan: *Wir gingen nach dem Essen noch in eine Bar, waren aber ganz brav. Nichts mit Frauen! Wir haben einander ja schon lange nicht mehr gesehen und hatten einander viel zu erzählen. Glaubst du mir das, und können wir es dabei belassen?*

Nadja: *Okay. Ich bin froh, dass du mich verstehst. Aber nächstes Mal bitte eine SMS! Übrigens: Nächsten Freitag möchte ich in den Ausgang gehen.*

Ich bin ich und du bist du

Durch gegenseitiges Einfühlen in die Welt des anderen lernen Sie, die Andersartigkeit des Partners zu akzeptieren und vielleicht sogar als Bereicherung zu erleben: Ihr eigener Horizont wird erweitert.

Dieses Anderssein zeigt sich nicht nur in unterschiedlichen Interessen. Gemeinsame Erlebnisse werden vom Partner auch anders gedeutet als von Ihnen, und mit Sicherheit sind Ihre Gefühle in der gleichen Situation manchmal verschieden. Deshalb ist es so wichtig, sich ineinander einzufühlen. Die eigene Sichtweise wird dabei relativiert und Sie können Neues dazulernen. Je realer Sie den anderen sehen können, je weniger Eigenes Sie auf ihn projizieren, desto spannender werden Ihre Begegnungen.

Das tönt banal, ist jedoch anspruchsvoll. Diese Fähigkeit setzt eine seelische Reife voraus, die es ermöglicht, den Partner in seinem eigenen Sein zu sehen, ohne dabei sich selbst und seine Bedürfnisse zu verleugnen.

Doch wenn Sie sich selbst nicht genügend Wert geben können, erleben Sie das Anderssein des Partners eher als Kränkung. Oft reicht es schon, dass er mit seinem Denken, Fühlen und Handeln nicht Ihre Art des Seins bestätigt. Dadurch fühlen Sie sich entwertet, drehen den Spiess um und entwerten ihn: Beide fühlen sich unverstanden – es gibt Streit, oder Sie ziehen sich frustriert zurück.

Gehen Sie davon aus, dass der Partner eine eigene Erlebniswirklichkeit hat, die mit Ihrer in der Regel nicht übereinstimmt. Wenn Sie diese Toleranz üben, erkennen Sie mit der Zeit, dass es nicht um ein Bessersein geht, sondern dass Sie eben einfach anders sind. Sie können einander anerkennen, anstatt sich gegenseitig abzuwerten. Dabei kann eine gewisse Trauer darüber, dass dieser für Sie wichtige Mensch vieles so anders erlebt, nicht vermieden werden. Doch dies hilft Ihnen, seelisch zu wachsen. Ein tieferes Verstehen von sich selbst und dem Partner ermöglicht zudem eher die Integration von weiblichen und männlichen Anteilen in Ihrer Seele.

Sie wissen, dass Sie in einigen Punkten ähnlich denken und fühlen wie Ihr Lebensgefährte, in anderen aber wieder ganz anders.

So lernen Sie, verschiedene Seiten in sich und dem Partner wertzuschätzen.

Konkret könnte dies zum Beispiel so aussehen: Sie möchten nach einem gemütlichen Abendessen sofort die Küche aufräumen, Ihr Partner möchte jedoch gerne am Tisch sitzen bleiben und mit Ihnen weiterdiskutieren. Der Abwasch kann von ihm aus bis zum nächsten Tag warten. Wenn Sie nach dem Essen sofort aufspringen, müssen Sie die Küche vermutlich alleine aufräumen. Ab und zu ist das in Ordnung, aber falls Sie es immer so machen, wächst Ihre Unzufriedenheit über das Verhalten des Partners. Und vielleicht ärgert auch er sich über die unerwünschte Unterbrechung des Gesprächs und des gemütlichen Zusammenseins. Er macht nichts *gegen Sie,* wenn er sitzen bleibt, sondern er tut es *für sich.*

Nutzen Sie also das Anderssein Ihres Partners positiv und verbringen Sie mit ihm abwechslungsweise einen Abend zwischen dreckigen Tellern und Schüsseln. Vielleicht übernimmt er später den Abwasch, oder Sie räumen die Küche gemeinsam in guter Stimmung auf. Sie bekommen von ihm ein Stück Gelassenheit, während er von Ihrem Ordnungssinn profitiert.

Nadja: *Silvan, ich habe jetzt abgeräumt und spüre, dass ich mich ärgere, weil du noch am Tisch sitzt. Ich will aber gar nicht wütend werden. Können wir die Küche jeweils nicht zusammen aufräumen?*

Silvan: *Weisst du, ich habe wirklich keine Lust, sofort nach dem Essen aufzuräumen. Ich finde es schade, wenn du nicht etwas warten kannst. Weshalb ist dir das so wichtig?*

Nadja: *Ich bin es mir vermutlich einfach von früher her so gewohnt. Bei uns zu Hause wurde das immer so gemacht; wir Kinder mussten gleich nach dem Essen den Tisch abräumen. Aber du hast Recht, unser Gespräch wird wirklich durch mein Aufspringen abgebrochen.*

Silvan: *Ich bin froh, dass du mich verstehst. Du bist es halt anders gewohnt. Aber eigentlich möchtest du das Gespräch ja auch nicht abbrechen.*

Nadja: *Das stimmt. Können wir es mal so probieren? Wenn wir gerade angeregt am Reden sind, bleiben wir sitzen. Wenn nicht, räumen wir gleich nach dem Essen auf.*

Silvan: *In Ordnung. Da sind wir schon etwas verschieden, nicht? Aber sonst können wir uns in Bezug auf Ordnung ja gut einigen.*

Zuneigung, Anerkennung und Wertschätzung

Positive Gefühle können nicht genug gezeigt werden. Durch die gegenseitige Wertschätzung wird das Selbstwertgefühl als Paar deutlich gestärkt.

Der amerikanische Paartherapeut John Gottman fand heraus, dass glückliche Ehepaare fünf Mal so viel Erfreuliches miteinander teilen wie Negatives. Das heisst, wir brauchen eigentlich fünf Mal eine Bestätigung von unserem Partner, um eine kritische Äusserung gut annehmen zu können! Das scheint oft schwierig zu sein, denn wir sind schneller mit Kritik als mit ehrlichem Lob zur Hand. Wenn die gegenseitige Zuneigung und der Stolz aufeinander völlig erloschen sind, dann ist die Partnerschaft in Schwierigkeiten. Wo soll noch eine Basis für eine erfüllte Beziehung sein, wenn die grundsätzliche Überzeugung, dass der andere es wert ist, geschätzt und respektiert zu werden, nicht existiert?

Wenn ein Paar nicht achtsam miteinander umgeht, besteht wirklich die Gefahr, im Laufe des Zusammenlebens die gegenseitige Zuneigung zu verlieren. Das Gegenteil von Zuneigung ist Verachtung, und diese zerstört die Partnerschaft.

Es ist also entscheidend, sich immer wieder auch die liebenswerten Eigenschaften des Partners vor Augen zu führen – dann stören seine Macken viel weniger. Wenn Sie ihm regelmässig sagen, was

Ihnen an ihm gefällt und was Sie besonders schätzen, leisten Sie wertvolle Beiträge auf Ihr Beziehungskonto. Mit Bemerkungen wie «Es gefällt mir, wenn du mich so spontan umarmst» oder «Schön, dass du einen Kino-Besuch vorschlägst!» setzen Sie eine positive Spirale in Gang, denn Bestätigung und ernst gemeinte Komplimente erzeugen beim Partner das Bedürfnis, Ihnen auch etwas zurückzugeben.

Eine gute Übung ist folgende: Überlegen Sie sich drei Dinge, welche Sie am anderen besonders mögen, und sagen Sie sich diese gegenseitig. Sie können diese Übung beliebig oft wiederholen, denn mit der Zeit werden Ihnen noch viele gute Eigenschaften des Partners in den Sinn kommen. Es lohnt sich, sie alle auszusprechen!

Nadja: *Silvan, ich mag besonders an dir, dass du so liebevoll, fröhlich und zuverlässig bist.*

Silvan: *Danke, das tut mir gut. Und mir gefällt, dass du so energievoll, herzlich und attraktiv bist.*

Nadja: *Schön, das zu hören!*

Eine weitere Möglichkeit, die gegenseitige Zuneigung und Wertschätzung wieder aufleben zu lassen, bieten Gespräche über vergangene glückliche Ereignisse. Sei es nun, dass Sie sich erinnern, wie Sie sich kennen gelernt haben, was Sie am anderen so fasziniert hat, woran Sie bei der Hochzeit oder der Geburt der Kinder besonders gerne zurückdenken oder was Ihnen in den letzten Ferien besonders gut gefallen hat. Die Erinnerung an Schönes aus der zusammen erlebten Vergangenheit kann die gegenwärtige Beziehung wieder mit neuer Energie versorgen. Darüber hinaus zeigen Sie durch Ihre Initiative für Gespräche, gemeinsame Unternehmungen und für körperliche Nähe, wie wichtig Ihnen der Kontakt mit dem Partner ist. Warten Sie nicht, bis der andere den ersten Schritt macht und mit Wertschätzung und Respekt auf Sie zugeht. Tun Sie es selbst! Sie können dabei nur gewinnen.

Offene Kommunikation und konstruktive Konfliktlösung

In glücklichen Beziehungen geht die offene Kommunikation Hand in Hand mit emotionaler Transparenz, Respekt und Zuneigung gegenüber dem Partner.

Trotzdem gibt es manchmal Konflikte, die zu einem Streit führen. Dann kann es gut tun, seinen Gefühlen auch mal lautstark Gehör zu verschaffen. Temperamentvollen Menschen liegt es nicht, immer und unter allen Umständen ruhig und sachlich zu bleiben. Wenn Sie zu ihnen gehören, haben Sie vielleicht schon erlebt, dass Sie auch viel zerstören können, wenn Sie dem Partner Beleidigungen an den Kopf werfen, wie: «Du egoistischer Dreckskerl!» Damit erreichen Sie nur, dass er Sie entweder auch beschimpft oder sich resigniert und verletzt zurückzieht. Es stellt sich also die Frage, wie Sie negative Gefühle äussern können, ohne den anderen persönlich zu verletzen: «Dieser Vorwurf von dir macht mich wütend! Ich erlebe das wirklich anders! Ich fühle mich verletzt und will jetzt etwas alleine sein. Reden wir heute Abend nochmals in Ruhe darüber. In Ordnung?»

Wenn Sie sich an die folgenden Regeln halten, sollte es möglich sein, Konflikte mit Ihrem Partner konstruktiv zu lösen. So lassen sich destruktive Machtkämpfe sowie emotionale Entfremdung als Folge von ungelösten Konflikten eher vermeiden.

- Sprechen Sie von sich selbst (in Ich-Botschaften) und nicht über den andern. «Wenn wir am Wochenende etwas zusammen unternehmen, kommt die Initiative dazu meistens von mir. Das stört mich. Ich hätte gerne ab und zu auch eine Anregung von dir.»
- Hören Sie zu, was der andere zu sagen hat. Denken Sie daran, dass er nicht gegen Sie ist, wenn er für sich und seine Interessen einsteht. Sie sollten dies nicht persönlich nehmen. «Heute geht es mir nicht so gut, ich habe schlecht geschlafen und mich

bei der Arbeit genervt. Wenn ich etwas gereizt bin, hat es nichts mit dir zu tun.»

- Äussern Sie negative Gefühle wie Ärger, Enttäuschung, Trauer oder Misstrauen anhand einer konkreten Situation, und schauen Sie auch Ihren Anteil an: «Gestern, als ich von einem Konflikt mit meinem Arbeitskollegen erzählte, fühlte ich mich nicht verstanden von dir. Es hat mich enttäuscht, dass du nicht voll hinter mir stehst. Doch ich frage mich: Wie habe ich es gemacht, dass du mich nicht unterstützen konntest? Was denkst du?»
- Entwerten Sie den Partner nicht. Machen Sie ihn auch nicht vor Drittpersonen lächerlich: «Du bist ein langweiliger Spiesser!» oder: «Meine Frau wurde wieder mal nicht rechtzeitig fertig!» Sie möchten ja auch nicht so behandelt werden.
- Verzichten Sie auf beschuldigende Verallgemeinerungen: «*Nie* hilfst du mir beim Putzen! *Immer* geht es nur um deine Wünsche!»
- Achten Sie auf die Unterscheidung zwischen Inhalts- und Beziehungsebene. Je klarer Ihre Beziehungsbotschaften sind, desto aufmerksamer können Sie sich mit den Inhalten des Gesprächs beschäftigen. «Was den Konflikt mit deinem Arbeitskollegen betrifft: Ich verstehe, dass du dich wegen dieser Sache geärgert hast. Aber wenn du über ihn sprichst, ist einfach deine allgemein abwertende Haltung ihm gegenüber spürbar. Das stört mich, und deshalb kann ich dich nicht unterstützen.»
- Fragen Sie nach, falls Sie unsicher sind, ob Sie den Partner richtig verstanden haben: «Du schlägst vor, ein Budget aufzustellen, damit wir unsere Ausgaben besser überblicken können?»
- Versuchen Sie, sich auf eine Problemlösung zu einigen, welche Sie beide zufrieden stellt: «Wir arbeiten also gemeinsam ein Familienbudget aus und werden mal die nächsten drei Monate damit leben. Dann reden wir nochmals darüber. Einverstanden?»
- Stellen Sie im Streit nie die Beziehung in Frage. «Wenn du dich so daneben benimmst, kannst du gleich gehen! Du liebst mich ja sowieso nicht mehr!» Diese Verunsicherung ist zermürbend und zerstört auf Dauer die Beziehungsgrundlage.

Zwiegespräche

Was Ihnen neben diesen Regeln sowie dem respektvollen und wertschätzenden Umgang miteinander besonders gut tut, ist ein gemeinsamer emotionaler Boden. Dieser Boden wird durch regelmässige und offene Gespräche mit dem Partner optimal beackert und fruchtbar gemacht.

Michael Lukas Moeller hat ein gutes Konzept entwickelt – die Zwiegespräche.

Mit Hilfe dieser Gespräche können Sie die Paarbeziehung durch wechselseitige Einfühlung vertiefen. Sie üben auch, das Anderssein des Partners anzuerkennen. Zugleich ermöglichen die Zwiegespräche eine intensive Selbstbegegnung. Sie lernen dabei sowohl sich selbst als auch Ihren Lebensgefährten besser kennen und stärken so Ihre seelische Verbindung. «Die Einfühlung entsteht in dieser Form des Gesprächs von selbst, indem jeder dem anderen berichtet, wie er sich selbst, den anderen, die gemeinsame Beziehung und die jeweilige Situation gerade erlebt.» (Moeller)

Es gibt nur wenige Regeln für das Zwiegespräch, die jedoch immer beachtet werden sollten:

1. Reservieren Sie sich jede Woche 60 bis 90 Minuten ungestörte Zeit – am einfachsten ist es, wenn Sie einen festen Termin vereinbaren. Stellen Sie sicher, dass Sie bei Ihrem Gespräch weder von den Kindern noch vom Telefon unterbrochen werden. Die Kontinuität ist dabei wichtig. Geben Sie sich zwei bis drei Monate Zeit, um die Wirkung des Zwiegesprächs zu erleben.

2. Jeder spricht nur über sich: *Was bewegt mich zurzeit am meisten?* Neben allgemeinen können nach gemeinsamer Absprache auch themenzentrierte Zwiegespräche geführt werden mit Fragen wie: *Was bewegt mich in meinem erotischen Erleben?* Oder: *Was sind meine grössten Ängste, meine wichtigsten Ziele?* usw. Achten Sie besonders darauf, keine Du-Botschaften, Unterstellungen oder Vorwürfe zu äussern.

3. Wechseln Sie sich im Viertelstunden-Takt ab. Wenn Ihr Partner zuerst spricht, hören Sie nur zu und fühlen sich in ihn ein. Dabei können kurze Rückfragen («Kannst du das noch etwas genauer erklären?») oder Ermunterungen («Das kann ich verstehen») hilfreich sein. Sie dürfen ihn aber nicht unterbrechen und nichts von sich selbst sagen. Nach 15 Minuten wird gewechselt, dann reden Sie und Ihr Partner hört zu. So geht es weiter, bis Sie sich mindestens zwei Mal abgewechselt haben.

4. Schweigen und schweigen lassen, wenn es sich ergibt. Wenn Ihnen oder dem Partner die Worte ausgehen, lassen Sie die vereinbarte Zeit schweigend verstreichen. Das kommt Ihnen zu Beginn vielleicht etwas komisch vor, doch es macht durchaus Sinn. Denn auch wenn Sie zeitweise schweigen, bleibt bei beiden ein innerer Dialog in Gang, der Ihnen hilft, sich selbst deutlicher wahrzunehmen und zu verstehen.

5. Jeder entscheidet für sich selbst, was er dem Partner erzählen will. Lassen Sie sich nicht drängen, über etwas zu reden, das Ihnen grosse Mühe macht. Andererseits müssen Sie sich vielleicht auch manchmal einen Anstoss geben, wenn Sie es bisher nicht gewohnt waren, offen über Ihre Gefühle und Gedanken zu reden. Denn dies ist ja der Sinn der Sache.

Wenn Sie miteinander Zwiegespräche führen, erleben Sie, wie schön es ist, wenn der Partner ganz aufmerksam zuhört, während Sie von sich erzählen. Dieses intensive Zuhören und Aufeinander-bezogen-Sein kommt im Alltag regelmässig zu kurz. Oft hören wir nur mit einem Ohr hin, wenn der andere etwas erzählt, oder wir unterbrechen einander mitten im Satz.

Diese neue Erfahrung, in Ihrem Innersten wahrgenommen und durch das wertfreie Zuhören des Partners auch angenommen zu werden, kann jedoch auch schmerzhafte Gefühle auslösen. Vielleicht spüren Sie erst jetzt deutlich, dass Sie als Kind von Ihren Eltern zu wenig gehört und in Ihrem individuellen So-Sein bestätigt wurden. Das kann Sie traurig machen. Doch Ihrem Partner geht es vielleicht ähnlich. Sie sind jetzt gemeinsam daran, diese alten Gefühle zu verarbeiten, indem Sie die Erfahrung machen, vom anderen emotional erkannt zu werden.

Allerdings kann es sein, dass Sie trotz guten Willens auf Widerstände stossen. Es gibt unbewusste innere Verbote, die einer Veränderung entgegenwirken, z. B.: *Meine Eltern haben auch aneinander vorbeigelebt. Mir darf es doch nicht besser gehen als ihnen!* Oder: *Wenn ich so viel Raum habe, um über mich zu reden, fühle ich mich schuldig, denn so wichtig darf ich mich selbst gar nicht nehmen!*

Solche Widerstände können Sie erkennen und überwinden, wenn Sie regelmässige Zwiegespräche führen. Erfahrungsgemäss setzen die unbewussten Widerstände bereits nach etwa drei Gesprächen ein. Seien Sie darauf gefasst und verstehen Sie eine momentane Unlust als Aufforderung, jetzt erst recht weiterzumachen, und als Chance, diese inneren Überzeugungen bzw. Blockaden zu hinterfragen.

Falls Sie sich mit dem Partner nicht auf Zwiegespräche einigen können, da einer von Ihnen zu grosse Mühe hat, sich auf eine vorerst ungewohnte Sache einzulassen, geben Sie nicht gleich auf. Reservieren Sie sich trotzdem wöchentlich etwas Zeit für ein Gespräch, das Sie auch weniger klar strukturiert gestalten können. Mit einem offenen, regelmässigen Dialog ist auch eine emotionale Wiederannäherung möglich. Aber nur, wenn Sie auf Vorwürfe und Du-Botschaften verzichten.

Die Erfahrung, dass Sie sich selbst mit Ihren Gedanken und Gefühlen ganz offen zeigen können und der Partner intensiv auf Sie eingeht, ist bei Zwiegesprächen noch stärker. Durch regelmässige persönliche Gespräche erleben Sie, dass Sie im selben Boot sitzen und Ihre Beziehung zu neuen Ufern führen können, indem Sie ruhig, aber konstant zusammen rudern.

Die Sexualität beleben

In einer akuten Krise ist es oft schwierig, die sexuelle Begegnung mit dem Partner konstant und offen zu gestalten. Falls Sie eine schwere seelische Verletzung, wie zum Beispiel eine Aussenbeziehung des Partners, überwinden müssen, brauchen Sie eine gewisse Zeit, um sich wieder für den anderen öffnen zu können. Die Reaktionen sind jedoch sehr unterschiedlich.

Als Eliane von der Aussenbeziehung ihres Mannes erfuhr, war ihr schnell klar, dass sie um ihre Ehe kämpfen wollte. Dies war nicht nur ein Kopfentscheid; sie spürte deutlich, dass sie ihn noch liebte, und hatte trotz der Verletzung mehr Lust auf Sex mit ihm als zuvor. Diese Lust war wohl auch verknüpft mit der Angst, Peter wirklich zu verlieren, und mit der Hoffnung, ihn mit Hilfe von gutem Sex zurückgewinnen zu können.

Abgesehen davon kann ein Paar gerade wegen der Erschütterung durch das Fremdgehen dazu motiviert werden, die Sexualität neu zu beleben. Dazu ist es jedoch unerlässlich, dass Sie miteinander im Gespräch bleiben und schliesslich jeder die Verantwortung für seinen Anteil an der Krise übernimmt.

Lisa, die ihren Mann in flagranti mit einer anderen Frau erwischt hatte, brauchte ein halbes Jahr, um wieder mit ihm Liebe machen zu können. Als sie dann so weit war, erlebten beide die sexuelle Begegnung als intensiv und stimmig. Im Gegensatz zu Eliane konnte sie sich diese Zeit auch eher nehmen, denn Mario hatte seine Aussenbeziehung sofort abgebrochen und wollte die Ehe unbedingt retten. So konnte er warten, bis Lisa ihm verziehen hatte und sich wieder auf Sex einlassen wollte.

Müssen Sie keine akute Krise bewältigen, haben sich aber im Laufe der letzten Jahre auseinander gelebt? Auch in diesem Fall ist anzunehmen, dass Ihre Sexualität unter der zunehmenden emotionalen Entfremdung gelitten hat. Es ist grundsätzlich nicht einfach, die Erotik in einer langjährigen Partnerschaft lebendig zu erhalten. Und doch kann die Häufigkeit und die Qualität der sexuellen Begegnung ein sensibler Spiegel für den Allgemeinzustand einer Liebesbeziehung sein. Denn wenn sich zwei Leute nichts mehr zu sagen haben, scheint es kaum möglich, eine erfüllte Sexualität zu leben. Auch hier gilt: Ausnahmen bestätigen die Regel. Patrick und Corina mussten zwar vieles in ihrer Beziehung klären und neu aushandeln, doch die Sexualität erlebten beide als etwas, das sie gerade während der Krise zusammenhielt.

Die partnerschaftliche Sexualität dient denn auch nicht in erster Linie der Triebbefriedigung, sondern sie ist eine bedeutungsvolle Handlung, mit welcher das Paar ausdrückt: Es ist gut so, wir gehören zusammen. «Wenn die Partner jedoch keine gemeinsame Perspektive entwickeln können, hat die erotische Stagnation ernste Konsequenzen. Die drei bedrohlichen Alternativen sind Trennung, Aussenbeziehung, innere Kündigung.» (Clement)

In vielen langjährigen Beziehungen ist die Sexualität störungsanfällig, sei es wegen einer akuten Krise oder nur durch den Alltagstrott. Es ist normal, dass Sex auch in einer mehrheitlich guten Beziehung zeitweise einen geringen Stellenwert hat: Nach der Geburt eines Kindes, wenn ein Partner längere Zeit krank ist, oder eben in einer Krise. Doch wenn ein Paar länger als ein bis zwei Jahre keinen Sex mehr hatte, wird es immer schwieriger, ihn wieder aufzunehmen. Durch fehlende Erotik wird der Partner je länger, je mehr zum ‹vertrauten Fremden›. Dieses Gefühl kann es erschweren, sich körperliche Intimität mit dem andern überhaupt noch vorstellen zu können.

Wenn Sie jedoch eine Krise als Anlass nehmen, um sich selbst und Ihren Partner besser zu verstehen und wieder neu aufeinander zuzugehen, haben Sie eine gute Chance, auch die Sexualität neu zu beleben. Was können Sie also tun, um die Erotik trotz diesen Störungen am Leben zu erhalten und sich daran zu freuen? Dazu ein paar Gedanken und Ideen:

1. Bereitschaft, ein gewisses Risiko einzugehen: Sie sollten nicht davon ausgehen, dass der Sex problemlos wird, sobald Sie wie-

der Ja zum Partner gesagt haben. Sie müssen sich behutsam wieder annähern und daneben doch auch Neues wagen. Zudem gehen Sie das Risiko ein, dass durch die körperliche und seelische Nähe schmerzhafte Gefühle hochkommen. Manchmal wird der Schmerz über eine Verletzung nochmals deutlich spürbar, gerade weil man sich wieder so nahe ist. Wenn Sie jedoch offen dafür sind, Ihren Emotionen und denen des Partners Raum zu geben, haben Sie nichts zu verlieren. Sie können sich Zeit lassen, sich wieder aufeinander einzustimmen. Erotische Entwicklung hat ihren Preis. Sie ist nicht ohne Risiko zu haben. Veränderung in Beziehungen heisst, Neues zuzulassen. Das Neue kann in der Sexualität auch Angst machen. Aber es kann sich lohnen.

2. Aktive Entscheidung statt zuwarten: Überfahren Sie Ihre Partnerin/Ihren Partner nicht mit Ihrem Wunsch nach Sex, aber nehmen Sie sich nicht total zurück. Äussern Sie Ihr Bedürfnis, auch wenn sie/er noch nicht so weit ist. Natürlich dürfen Sie keinen Druck ausüben, aber wenn sie/er spürt, dass sie/er von Ihnen begehrt wird, kann ihr/ihm das helfen, sich wieder zu öffnen. Die Erotik entwickelt sich eher, wenn Sie sich bewusst entscheiden, sich zu exponieren und beim Partner nicht nur das Erwartete, sondern auch das Unverhoffte wahrzunehmen. Erotische Entwicklung verläuft meist asymmetrisch: Einer ergreift die Initiative und der andere schliesst sich an. Die Partner stehen oft nicht am gleichen Punkt, sondern einer wird aktiv, weil für ihn eine Veränderung jetzt nötig ist. Demgegenüber ist Stagnation symmetrisch organisiert: Jeder wartet auf den anderen, und beide blockieren sich durch gegenseitige Vorwürfe.
   Wenn Sie also Ihre Bedürfnisse offen einbringen und sich auch für diejenigen des Partners interessieren, wirkt sich das positiv auf sein Verhalten aus. Er wird dazu angeregt, sich auch über seine Wünsche Gedanken zu machen.

3. Langjährige Sexualität findet eher geplant und/oder inszeniert statt als spontan. Da die sexuelle Lust nur noch selten so drän-

gend ist wie in der Phase der Verliebtheit, kann sie im Alltag zu kurz kommen. Eine gewisse Regelmässigkeit hilft, sie am Leben zu erhalten. Natürlich sollten Sie keinen allzu sturen Plan verfolgen, der eher lusttötend wirken würde. Gehen Sie vielleicht an einem Abend pro Woche etwas früher zu Bett, mit dem Ziel, körperliche Nähe zu ermöglichen. Sorgen Sie ab und zu für eine romantische Stimmung mit Kerzen, Duftöl oder Musik. Es darf aber keinerlei Druck bestehen, an diesem Abend Geschlechtsverkehr haben zu müssen. Versuchen Sie es einmal mit einer entspannenden Massage, ein anderes Mal schmusen Sie ein wenig oder umarmen einander einfach zärtlich. Es kann durchaus sein, dass beide durch die innige Nähe wirklich Lust auf das ganze Programm bekommen. Zweckfreies, sinnliches Geniessen ist für eine abwechslungsreiche Erotik wichtig. Aufregende erotische Erlebnisse sind in einer langjährigen Beziehung jedoch nur dann zu haben, wenn Sie die weniger aufregenden ebenso bejahen. Es kann nicht immer nur exklusiv sein. Der sexuelle Alltag verhindert das erotische Fest jedoch nicht.

4. Erotik ist keine von selbst nachwachsende Ressource. Sie müssen beide Zeit und Aufmerksamkeit investieren, damit sie erblühen kann. Das kann zum Beispiel ein romantisches Essen zu zweit zu Hause oder im Restaurant sein. Sie machen sich vielleicht extra hübsch und wenden sich im Gespräch ganz bewusst einander zu. Ein solches Erlebnis schafft Intimität und weckt den Wunsch, dem schönen Abend durch Sex einen Höhepunkt zu verschaffen. Oder Sie schlüpfen in die Rolle des Gastgebers, der seinem Gast sinnliche Leckerbissen anbietet. Der Gast darf sich einfach überraschen lassen und geniessen! Sie machen neue Erfahrungen, wenn Sie sich auf Ungewohntes einlassen und Ihre bisherigen erotischen Grenzen etwas erweitern können. Doch lassen Sie sich nicht auf Experimente ein, die bei Ihnen Abscheu hervorrufen! Reden Sie mit dem Partner offen über das, was Sie besonders mögen oder einfach mal ausprobieren wollen. Das Gespräch ist wichtig, um eine erotische Kultur zu schaf-

fen. Wenn Sie Kinder haben, kann eine etwas ausgedehntere Paar-Zeit manchmal Wunder wirken: Ein Wellness-Wochenende, ein Städte-Trip oder auch eine Woche Ferien als Paar helfen, die körperliche Nähe einmal in Ruhe geniessen zu können. Oder Sie besuchen zusammen einen Tantra-Kurs, der Ihnen neue Erfahrungen im Sinne einer ganzheitlichen Sinnlichkeit ermöglicht.

5. Sexuelle Zufriedenheit folgt sexueller Selbstrealisierung, und nicht umgekehrt. Das heisst, Sie können nur dann eine erfüllte Sexualität leben, wenn Sie Ihre Wünsche kennen und diese auch einbringen. Das ist oft gar nicht so einfach. Viele von uns schämen sich, ihre erotischen Bedürfnisse ganz offen zu zeigen. Vielleicht hindert sie ein unbewusstes Verbot (verinnerlichte Moralvorstellungen) daran, selbstbewusst zu dem zu stehen, was sie sich wünschen. Es ist hilfreich, sich über innere Widerstände klar zu werden und sich bewusst zu erlauben, eigene Bedürfnisse einzubringen.
   Wenn ein Mann offen ist für Zärtlichkeit und Romantik, kann er so eine weichere Seite in sich aktivieren und geniessen. Und wenn eine Frau sich gestattet, eigenes Begehren zu zeigen, anstatt sich nur begehren zu lassen, kann die Erotik als Paar gleichwertig gelebt werden. Moderne Männer schätzen es in der Regel sehr, wenn sie auch mal von ihrer Frau verführt werden.
   Folgende Fragen können helfen, mehr über Ihre eigenen Bedürfnisse und Widerstände zu erfahren:
   Was in meinem Sexualleben ist so wertvoll, dass ich es unbedingt erhalten und pflegen möchte?
   Was, das ich noch nicht erlebt habe, möchte ich noch erleben?
   Erlaube ich mir als Mann, meine weiblich-empfangende Seite in der Erotik zu leben? Darf ich aber auch ein zupackender und potenter Mann sein?
   Stehe ich als Frau offen zu meiner sexuellen Lust?
   Kann ich meinen Partner auch für Zärtlichkeiten gewinnen, ohne dass diese regelmässig zu Sex führen müssen?

Wenn ich die Sexualität als schwierig erlebe: Welche Gefühle oder Befürchtungen stehen mir im Weg, um das erotische Zusammensein mit meinem Partner geniessen zu können? Könnte es mir helfen, wenn ich mich nicht mehr unter Druck setze, alles richtig machen zu müssen?

Mit realistischen Erwartungen und dem Bewusstsein, dass nicht mehr alles so sein kann und auch nicht so sein muss wie in der Phase der Verliebtheit, haben Sie gute Chancen für eine erotische Wiederannäherung. Da Sie durch die Auseinandersetzung mit der Krise persönlich gereift und emotional zugänglicher geworden sind, können Sie die erotische Begegnung mit dem Partner nun im Sinne einer ganzheitlichen Intimität geniessen.

Wir sind ein gutes Team

Neben emotionaler Zuwendung, offener Kommunikation und lebendiger Erotik ist auch eine faire Alltagsbewältigung unabdingbar, um sich als Paar zufrieden zu fühlen. Wenn Sie auf Dauer ein gutes Team bleiben wollen, ist es nötig, an den persönlichen Fragen und Problemen, welche das Zusammenleben eines Paares beeinflussen, zu arbeiten.

Auf einer tragfähigen Beziehungsbasis können die gemeinsamen Aufgaben fair aufgeteilt werden. Diese müssen immer wieder neu ausgehandelt werden, je nach der sich verändernden persönlichen Beanspruchung beider Partner.

In einer guten Partnerschaft trägt jeder nach seinen Möglichkeiten dazu bei, die anfallenden Aufgaben zu erledigen. Die Arbeitsbelastung im Alltag sollte ebenso gleichwertig verteilt sein wie die Chancen, das zu tun, was man sonst für sich möchte. Und doch fühlen sich Frauen und Männer manchmal allein mit ihren täglichen Aufgaben und vom Partner nicht genügend für das geschätzt, was sie alles tun.

Es ist wichtig, dass Sie Ihre Beiträge zum gemeinsamen Leben gegenseitig anerkennen und wertschätzen können, auch wenn diese sehr verschieden sind. Ob Sie und Ihr Partner eine eher traditionelle Rollenteilung haben oder beide berufstätig sind und sich die Kinderbetreuung teilen: Erzählen Sie einander von Ihrer Tätigkeit und versuchen Sie zu verstehen, was für Ihren Partner manchmal besonders anstrengend ist. Sie sind beide verschieden, und was für Sie selbst einfach ist, kann für den Partner eine grosse Herausforderung sein, oder umgekehrt. So fällt es Ihnen leichter, einander in einer akuten Belastungssituation aktiv zu unterstützen. Diskutieren Sie miteinander, welche arbeitsintensiven Aufgaben Sie allenfalls vereinfachen können oder auf welche Verpflichtungen sie gerne verzichten würden.

Wenn Sie Kinder haben, ist ja besonders die Hausarbeit ein Fass ohne Boden – immer gibt es noch etwas zu tun. Lösen Sie sich vom Anspruch, alles perfekt machen zu müssen, dann können Sie auch mal etwas kürzer treten. Falls Sie deswegen ein schlechtes Gewissen verspüren, verstehen Sie dies auch als ein Gefühl aus Ihrer Vorgeschichte. Es hängt oft mit dem inneren Verbot zusammen, sich selbst und seine Bedürfnisse wichtig zu nehmen. Dann ist es nötig, sich dies im Hier und Jetzt bewusst zu erlauben. Nun können Sie auch Ihren Partner besser in die Hausarbeit einbeziehen und akzeptieren, dass er nicht alles so macht wie Sie. Auch wenn er in Bezug auf Ordnung und Sauberkeit mit weniger zufrieden ist als Sie oder gar höhere Ansprüche hat, betrachten Sie die unterschiedlichen Bedürfnisse als berechtigt. So gelingt es Ihnen eher, gute Lösungen zu finden.

Nadja: *Diese Woche habe ich sehr viel geputzt. Ich fand es einfach wieder einmal nötig, einiges etwas gründlicher zu machen. Ich fühle mich ziemlich erledigt und würde gerne morgen ausschlafen. Wie stehts bei dir?*

Silvan: *Das Haus sieht wirklich wieder sehr sauber aus! Da hattest du bestimmt viel Arbeit. Ich bin auch müde. Wir könnten doch bei-*

de etwas länger schlafen. Das klappt doch gut, wenn wir den Kindern sagen, dass sie uns erst um zehn Uhr wecken dürfen. Und wie wärs übrigens, wenn wir morgen Abend wieder mal zusammen ausgehen würden? Diesen Film, der jetzt neu läuft, wollten wir doch beide sehen. Und es wäre schön, wenn wir vorher zusammen essen gehen könnten. Hättest du Lust dazu?

Nadja: *Na klar! Rufst du die Babysitterin an?*

Silvan: *Mir ist es lieber, wenn du das machst. Aber ich kann morgen den Einkauf erledigen, dann hättest du mal einen ruhigen Samstag.*

Nadja: *Ja, gerne. Es freut mich, dass wir uns am Abend wieder mal Zeit für uns als Paar nehmen.*

Silvan: *Ich freue mich auch auf morgen. Magst du noch etwas kuscheln?*

Nadja: *Wenn du keine bestimmten Erwartungen hast, gerne!*

Das bereichernde Dritte und die eigene Welt

Paare brauchen gemeinsame Erlebnisse und Erfahrungen, sie brauchen *etwas Drittes,* das ihnen in der Gegenwart Lebenssinn gibt und freudvolle Zukunftsperspektiven ermöglicht. «In der Verliebtheit beglückt es die Partner, ihre Blicke ineinander zu versenken, im Laufe ihres gemeinsamen Lebens brauchen sie aber etwas Drittes, auf das sie miteinander schauen können, etwas Drittes, das die beiden erfüllt, bereichert und sie so auch wieder zu lebendiger Zweisamkeit inspiriert.» (Jellouschek)

Kinder sind eine der bedeutendsten Sinnquellen im Leben eines Menschen bzw. eines Paares. Sie eröffnen uns die Möglichkeit, das

Leben neu und intensiv zu erfahren. Wir dürfen ihr Aufwachsen begleiten, mit ihnen nochmals die Welt entdecken und uns von ihrem Staunen und ihrer Lebensfreude anstecken lassen. Aber sie fordern uns auch heraus wie sonst kaum etwas im Leben. Sie konfrontieren uns unbarmherzig mit unseren eigenen Schattenseiten. Doch dies gibt uns wiederum die Chance, persönlich zu reifen. Spätestens wenn sich die Jugendlichen abzulösen beginnen, brauchen wir neue Wert- und Sinnerfahrungen. Kinderlose Paare müssen hingegen schon bald nach der Verliebtheitsphase gemeinsame Projekte finden, die ihnen persönliche Befriedigung bieten und eine Weiterentwicklung der Partnerschaft ermöglichen.

Kein langjähriges Paar kommt darum herum, gemeinsame Interessen zu finden und diese zu pflegen. Denn wenn etwas Drittes fehlt, wird die Beziehung leer, sie hat etwas Sinnloses.

Dieses Dritte kann sehr vielfältig sein: gemeinsame Hobbys wie Reisen, Sport, Kultur; ein Haus als Basis für das Zusammenleben; politisches Engagement und vieles mehr. Wenn sich Paare bereits in der Anfangsphase ihrer Beziehung gemeinsame Bereiche erschliessen, wird es eher möglich sein, diese – wenn auch etwas reduziert – in der Familienphase aufrechtzuerhalten und sie vielleicht sogar in die Nach-Familienphase hinüberzuretten.

Doch es kann sein, dass sich die eigenen Interessen oder diejenigen des Partners im Laufe des Zusammenlebens deutlich verändern. In diesem Fall müssen alte Gemeinsamkeiten aufgegeben und neue gesucht werden. Sonst besteht die Gefahr, dass jeder nur noch seinen eigenen Hobbys nachgeht und beide irgendwann überrascht feststellen, dass sie sich fremd geworden sind. Dann ist plötzlich die Beziehungskrise das neue Dritte ...

Durch den Entschluss, Ihre Partnerschaft neu zu beleben, finden Sie möglicherweise wieder Zugang zu vergessenen Gemeinsamkeiten.

Dies können auch kleine Dinge sein: Gehen Sie zum Beispiel alle zwei Wochen zusammen aus. Das lässt sich auch verwirklichen, wenn Sie Kinder haben. Dabei können Sie je nach Lust und Laune auch das bereits für die Sexualität erwähnte Prinzip von Gast und Gastgeber anwenden. Wechseln Sie jedes Mal die Rollen: Der Gastgeber ergreift die Initiative und lädt den Gast ein. Dabei überlegt er sich, was diesem besonders gefallen würde: ein Theaterbesuch, ein Tanzabend, ein Essen im Restaurant oder einfach ein gemütlicher Spaziergang? So können Sie auf spielerische Art für einen Ausgleich von Geben und Nehmen sorgen. Verbringen Sie diesen Abend als Paar – für ein Treffen mit Freunden gibt es andere Gelegenheiten. Er ist auch nicht dazu gedacht, über Beziehungsprobleme zu sprechen. Hier geht es nur darum, das Zusammensein zu geniessen.

Die wöchentlichen Zwiegespräche eignen sich sehr gut, um in Ruhe über Ihre aktuellen Wünsche und Zukunftsvorstellungen zu sprechen. Folgende Fragen können Sie als Ausgangspunkte nehmen, um das gemeinsame Dritte zu stärken oder neu zu entdecken: *Wohin geht meine Lebenssehnsucht für mich persönlich und zusammen mit dir? Wie stelle ich mir vor, dass wir in drei oder fünf Jahren leben werden?*

Die eigenen Ideen offen mit dem Partner auszutauschen und Gemeinsamkeiten zu finden, gibt neuen Mut und die Überzeugung, die Zukunft aktiv zu gestalten.

So bedeutungsvoll das gemeinsame Dritte für die Paarbeziehung ist, so nötig ist für jeden von Ihnen auch die eigene Welt. Es ist nicht sinnvoll, jede freie Minute gemeinsam zu verbringen. Sie brauchen ja hin und wieder auch neue Impulse, die sie in die Beziehung einbringen können. Um sich auf ganzheitliche Weise als Individuum und nicht nur als Teil eines Paares zu erfahren, ist es unabdingbar, dass Sie auch Ihre Interessen pflegen. Viele Paare machen gute Erfahrungen damit, dass jeder einen freien Abend pro Woche für sich selbst hat. An diesem Abend können Sie tun, worauf Sie gerade Lust haben, ohne sich mit dem Partner absprechen zu müssen: sich mit FreundInnen treffen, ins Kino gehen, einen interessanten Kurs besuchen oder ein spezielles Hobby pflegen. Doch informieren Sie sich gegenseitig über das, was Sie vorhaben.

Auch wenn Sie gemeinsam zu Hause sind, dürfen Sie sich ruhig mal Zeit für sich selbst nehmen. Besonders Müttern von kleinen Kindern fällt es oft nicht leicht, sich an einem Wochenende auch mal zurückzuziehen. Es ist sehr angenehm, ein eigenes Zimmer zu haben, wo Sie die Türe schliessen und auch mal in Ruhe ein Buch lesen können. Besprechen Sie mit Ihrem Partner, wann Sie Zeit für sich selbst brauchen, und fragen Sie ihn nach seinen Bedürfnissen. Es gibt Paare, die ab und zu auch Ferien ohne den andern verbringen. Nach solchen anregenden Erfahrungen freuen sich beide wieder aufeinander und haben sich viel zu erzählen. Entscheidend ist, dass beide die Bedürfnisse des anderen kennen. Reden Sie miteinander darüber, wie Sie ein optimales Gleichgewicht zwischen der eigenen und der gemeinsamen Welt schaffen können. Denn wenn jeder nur noch für sich selbst schaut, wird der Partnerschaft der Boden entzogen. Und manchmal merkt man dies erst, kurz bevor es zu spät ist, das Steuer herumzureissen.

Das zweite Ja

Nachdem Sie sich intensiv mit den Möglichkeiten, eine Krise zu bewältigen und Ihre Paarbeziehung neu zu beleben, auseinander gesetzt haben, kommt vielleicht irgendwann der Punkt, an dem Sie bereit sind für ein zweites Ja. Diesen Punkt können Sie als deutliche Zäsur in Ihrem Leben erfahren, auch wenn es sein kann, dass die Überzeugung, mit Ihrem Partner zusammenbleiben zu wollen, erst noch wachsen muss.

Denken Sie nicht, dass Ihre Beziehung perfekt sein sollte, damit Sie zum zweiten Mal Ja sagen können. Es wurden viele Lösungswege, aber auch viele Stolpersteine beschrieben. Wir alle sind mit Kopf, Herz und Seele gefordert, um eine langjährige Beziehung lebendig und erfüllend zu gestalten. Es reicht zu wissen, dass Sie auf dem richtigen Weg sind. Diesen Weg sehen Sie nun vor sich: Wenn Sie und Ihr Partner eine Krise gut verarbeiten, entdecken Sie eine neue Lebensperspektive durch achtsames Aufeinander-bezogen-Sein. Dazu gehört nicht nur die Versöhnung mit der Verletzung durch den Partner und mit dem eigenen Anteil an der Krise, sondern auch die Versöhnung mit der eigenen Lebensgeschichte. Deshalb ist es wichtig, die Einmaligkeit Ihres Lebens mit seinen Freuden, Verletzungen und Verlusten anzunehmen und zu akzeptieren als das, was es ist. Die innere Einstellung zu vergangenen und aktuellen Ereignissen bestimmt mit, welche Auswirkungen sie auf Ihr Leben haben. Die Basis für ein zweites Ja ist, dass Sie sich selbst gerne haben. Erst dann kann die Liebe zu den Mitmenschen fliessen.

Eine Freundin erzählte: «Nach 15 Ehejahren und einer Phase der Verunsicherung sagte ich zum zweiten Mal Ja zu meinem Mann. Dieses zweite Ja spürte ich viel intensiver als das erste bei der Hochzeit. Wir hatten es noch einige Jahre wirklich gut zusammen. Später lebten wir uns dann doch sehr auseinander. Zehn Jahre nach dem zweiten Ja trennten wir uns schliesslich. Trotzdem möchte ich diese Zeit nicht missen.»

Diese Aussage macht deutlich: Sie können das zweite Ja für sich spüren und es dem Partner gegenüber aussprechen. Wenn er die Beziehung nicht bereits innerlich gekündigt hat, wird ihn dies wahrscheinlich dazu bewegen, sich selbst auch wieder mehr zu öffnen. Machen Sie Ihre Entscheidung nicht davon abhängig, dass Ihr Partner dieses Ja genauso stark spürt wie Sie. Falls es so ist, umso besser.

Eine Paartherapie kann bei der Suche nach dem zweiten Ja hilfreich sein. Zusammen mit einer gut ausgebildeten und erfahrenen Fachperson lernen Sie sich selbst und den Partner besser kennen und verstehen. Sie setzen sich intensiv mit den eigenen Gedanken, Gefühlen und Bedürfnissen und mit denjenigen Ihres Partners auseinander. Sie machen sich bewusst, wie Sie ungelöste Konflikte aus Ihrer Geschichte auf den Partner projizieren. Das hilft Ihnen, dem Partner offener zu begegnen und ihn als den Menschen zu sehen und anzunehmen, der er wirklich ist. Der gemeinsame Veränderungsprozess eröffnet beiden die Möglichkeit, die Paarbeziehung selbstverantwortlich zu leben und nicht mehr dem andern die

Schuld für die gemeinsamen Probleme zu geben. Sie lernen, sich selbst und Ihren Lebensgefährten realistisch wahrzunehmen und Ihr Anderssein zu akzeptieren. Sie erwarten weder von sich selbst noch vom Partner, alles perfekt zu machen und einander nie mehr zu enttäuschen. Durch die offene und sehr persönliche Auseinandersetzung miteinander spüren Sie vielleicht, dass Ihre Liebe langsam wieder aufblüht. Allerdings kann eine Paartherapeutin diesen Erfolg nicht garantieren. Manchmal führt der gemeinsame Prozess auch zur Erkenntnis, dass Sie sich schon zu weit voneinander entfernt haben.

Falls Sie jedoch beide wieder Ja zu Ihrer Paarbeziehung sagen wollen, kann ein gemeinsames Ritual diesem Entschluss noch mehr Gewicht geben. Sei dies ein Wochenende weg von zu Hause, ein Essen in einem besonderen Restaurant, oder Sie begeben sich an einen ruhigen Ort, wo Sie sich beide gerne aufhalten. Setzen Sie sich vielleicht gegenüber, geben Sie einander die Hände, nehmen Sie Blickkontakt auf und sagen Sie: «Ich habe viel aus der Krise gelernt. Ich war sehr verletzt und zeitweise verunsichert, ob ich noch mit dir zusammensein will. Durch unsere offenen Gespräche fühle ich mich dir wieder näher und spüre, dass du mich verstehen kannst. Ich verzeihe dir, dass du mich verletzt hast, und ich verzeihe mir für meinen Beitrag zu unserer Krise. Ich akzeptiere das, was ist. Ich liebe dich und sage Ja zu dir und zu unserer Beziehung. Ich glaube, zusammen können wir uns noch weiterentwickeln.»

Ihr Partner kann dasselbe zu Ihnen sagen oder etwas anderes, das für ihn eher stimmt. Diese Sätze sind eine Anregung, wie Sie es machen könnten.

Das zweite Ja hängt natürlich nicht davon ab, ob Sie verheiratet sind oder nicht. Auch wenn Sie nie offiziell Ja gesagt haben, taten Sie es trotzdem durch das jahrelange Zusammensein mit Ihrem Lebenspartner. Es ist auch für Sie eine bewusste Entscheidung.

Wir müssen jedoch mit Widersprüchen leben können. Nicht immer gibts ein Happyend.

Die Aussage der Freundin hat deutlich gemacht: Auch ein zweites Ja garantiert noch keine gute Beziehung auf Lebenszeit. Immer wieder gibt es Steilhänge, die Ihnen viel Kraft abverlangen, oder Kreuzungen, wo Sie von neuem entscheiden müssen, welchen Weg Sie gehen wollen. Doch Sie haben die Chance, nach einem zweiten Ja längere Wegabschnitte gemeinsam geniessen zu können.

Vielleicht gelangen Sie aber durch die intensive Auseinandersetzung mit Ihrer Paarkrise zur Entscheidung, dass ein zweites Ja nicht Ihr Weg ist. Es ist schmerzlich, doch auch realistisch, wenn Sie und Ihr Partner sich schon zu sehr auseinander gelebt haben.

Auch wenn Sie sich für ein Nein entscheiden, machen Sie einen wichtigen Schritt: Sie übernehmen Verantwortung für Ihr Leben.

Nichts fordert uns so sehr zu individueller Weiterentwicklung heraus wie eine langjährige Paarbeziehung. Denn: Die einzige Konstante des Lebens ist die Veränderung.

Schlusswort

Unser Leben ist widersprüchlich und vereinigt gleichzeitig diese Widersprüche: Tag und Nacht, Winter und Sommer, Ebbe und Flut, Freude und Schmerz, Geburt und Tod sind nur einige Gegensätze von vielen und gehören doch untrennbar zusammen. Der Kreislauf der Gegensätze bestimmt unser Leben. So ist es auch mit der Liebe: Sie ist ein Geschenk und erfordert doch aktive Pflege, damit sie immer wieder erblühen kann. Die Liebe holt die besten Eigenschaften aus uns heraus – und die schwierigsten: Sie macht uns zugewandt, einfühlsam und liebenswert, aber auch wütend, traurig, enttäuscht und hoffnungslos. Die Liebe verlangt gegenseitige Anpassung und Kompromisse. Doch wer sich selbst aufgibt, hat nichts zu geben. Die Liebe schenkt uns einen Gefährten, den besten Freund, der mit uns durchs Leben geht – und doch bleibt jeder letztlich allein.

Wir alle haben die Chance, diese Widersprüche anzunehmen und jeden Tag aufs Neue über die Liebe zu staunen, die wir uns und dem anderen geben und von ihm zurückbekommen.

Dank

Mein Dank geht an Christos Brenner für die 25 gemeinsamen Jahre. An unsere Kinder Luca, Dario und Leila – ich bin glücklich, dass es euch gibt.

An meine guten KollegInnen und FreundInnen Jolanda Flückiger, Romy Gassmann Peisker, Felix Kobelt, Christine Müller, Marianne Speisegger, Monika Wicki und Jana Wiederkehr. Dass wir uns seit Jahren achtsam, liebevoll und mit konstruktiver Kritik auf unserem beruflichen und privaten Weg begleiten, gibt mir ein Stück seelische Heimat. Ein besonderer Dank an Romy: Du hast mein Manuskript aufmerksam durchgelesen und mir viele hilfreiche fachliche Anregungen gegeben. Danken möchte ich auch Robert und Maité Kreienbühl für alles, was ich von ihnen gelernt habe.

Die Zusammenarbeit mit meiner Lektorin Bettina Kaelin war wieder sehr bereichernd. Herzlichen Dank, Bettina!

Eine tiefe Dankbarkeit empfinde ich gegenüber den Frauen und Männern, die ich in meiner Arbeit kennen lerne. Oft bin ich sehr berührt von euren Verletzungen und seelischen Schmerzen und freue mich umso mehr mit euch über neue Erfahrungen und positive Veränderungen. Immer wieder lerne ich mit und durch euch Neues dazu – so wurde dieses Buch erst möglich.

Literaturverzeichnis

Peter Angst
Ehen zerbrechen leise, Zytglogge Verlag, 2001

Guy Bodenmann
Stress und Partnerschaft, Hans Huber Verlag, 1997

Steven Carter, Julia Sokol
Lauf nicht vor der Liebe weg!, Kösel Verlag, 2000

Ulrich Clement
Systemische Sexualtherapie, Klett-Cotta Verlag, 2004

Brigit Dechmann, Christiane Ryffel
Vom Ende zum Anfang der Liebe, Beltz Verlag, 2001

Joy Fielding
Sag Mami Goodbye, Roman, Goldmann Verlag, 1996

John M. Gottman
Die 7 Geheimnisse der glücklichen Ehe, M. von Schröder Verlag, 1999

Claudia Haebler Brenner
Frauen zwischen zwei Männern, Zytglogge Verlag, 2002

Cheryl Jarvis
Urlaub von der Ehe, Scherz Verlag, 2001

Hans Jellouschek
Warum hast du mir das angetan?, Piper Verlag, 1997
Wie Partnerschaft gelingt, Herder Verlag, 1998
Liebe auf Dauer, Kreuz Verlag, 2004
Die Paartherapie, Kreuz Verlag, 2005

Mathias Jung
Aussenbeziehung, emu Verlag, 2002

Verena Kast
Lebenskrisen werden Lebenschancen, Herder, 2000

Mira Kirshenbaum
Soll ich bleiben, soll ich gehen?, Scherz Verlag, 1998
Ich will bleiben, aber wie?, Scherz Verlag, 1998

G. Kreppold-Gröger, J. Kreppold
Der Weg zu zweit, Herder Verlag, 1998

Peter Lauster
Die Liebesformel, Lübbe Verlag, 2004

Michael L. Moeller
Gelegenheit macht Liebe, Rowohlt Verlag, 2000

Augustus Y. Napier
Ich dachte, meine Ehe sei gut, bis meine Frau mir sagte, wie sie sich fühlt, Goldmann Verlag, 1995

Kathrin Wiederkehr
Lieben ist schöner als siegen, Pendo Verlag, 2005

Jürg Willi
Psychologie der Liebe, Klett-Cotta Verlag, 2002

Claudia Haebler Brenner

Frauen zwischen zwei Männern

Immer mehr Frauen, welche in einer festen Partnerschaft leben, verlieben sich in einen andern Mann. Diese Sandwich-Position ist konfliktbeladen, kann oft über Jahre dauern und ist geprägt von intensiven Gefühlen wie Zweifel, Hoffnung, Angst, Freude und Schuld.

In Haeblers Buch werden Frauen angesprochen, die zwischen zwei Männern stehen und Lösungen für diese schwierige Lebenssituation finden wollen, aber auch Frauen, die in ihrer Partnerschaft einiges verändern möchten und nach neuen Wegen suchen – und dabei auch mit dem Gedanken an einen Seitensprung oder eine Affäre spielen.

Die Autorin zeigt Stolpersteine und Lösungswege auf, mit denen sich alle in einer festen Partnerschaft lebenden Personen – also Frauen und Männer – beschäftigen können. Der theoretische Teil wird ergänzt durch einfühlsame Gesprächsprotokolle über die Erfahrungen betroffener Frauen.

Durch den alltäglichen Beziehungsdschungel begleitet uns eine Person, welche die Sorgen und Nöte vieler Frauen aus eigener Erfahrung kennt: Ally McBeal. Sie verkörpert in der gleichnamigen TV-Kult-Serie auf amüsante Weise die postmoderne Neurotikerin. Egal, ob wir Berufsfrau, Familienfrau oder beides sind: Vielleicht fühlen ja viele ein wenig wie Ally?

Das Buch von Claudia Haebler Brenner regt Frauen dazu an, sich mit Fragen zu beschäftigen wie: Wer bin ich und wie will ich leben? Was ist mir in einer Partnerschaft wichtig? Wie kann ich unglücklich machende Beziehungsmuster erkennen und verändern? Dadurch können sie sowohl sich selbst als auch die Männer besser verstehen lernen.

Markus Fäh

Das Triviale der Liebe

Der Zürcher Psychoanalytiker und Paartherapeut Markus Fäh hat mit seinen Büchern ‹Gesundheit kommt von innen› (2002) sowie ‹Der perfekte Mann› (2004) für Aufmerksamkeit gesorgt. In seinem Buch ‹Das Triviale der Liebe› (2006) erklärt er die fünf Etappen der Liebe mit ihren psychologischen und biologischen Hintergründen: das Begehren, das Sichverlieben, das Sichbinden, das Sichinteressieren und Sorgen, das Zähmen der Liebeskiller.

Er zeigt, was in der Liebe möglich ist und was sie überfordert. Warum gewisse Menschen sich nicht wirklich binden können. Und wie man nach der Phase der Verliebtheit die Desillusionierung überstehen und sich einer gereiften Liebe zuwenden kann. *are*

Wie es der Titel bereits andeutet, geht es nicht um grosse Gefühle und Romantik. Ganz im Gegenteil: Der Psychoanalytiker und Paartherapeut Fäh hinterfragt die Liebe, grenzt ab, analysiert Gefühle und Verhaltensweisen und seziert die Schmetterlinge im Bauch.

«Das Triviale der Liebe ist, in der Realität zu sein und trotzdem zu lieben. Auch oder gerade weil es so schwierig ist», schreibt er und illustriert anhand von Fallbeispielen die Hürden und Verwicklungen, die zu Enttäuschungen in der Paarbeziehung führen können.

Gerade weil er das komplexe Thema so pragmatisch und mit einer gewissen Distanz angeht, gehen viele seiner Ausführungen unter die Haut. Es ist in erster Linie ein Plädoyer zur Selbsterkenntnis der Männer. Und deshalb für Frauen sehr spannend zu lesen. *hl*